闇狩り師　黄《こう》石《せき》公《こう》の犬

夢枕　獏

徳間書店

TOKUMA NOVELS

YAMIGARISHI

BAKU YUMEMAKURA

CONTENTS

イラスト／寺田克也

デザイン／宮村和生(5GAS)

黄《こう》石《せき》公《こう》の犬《いぬ》

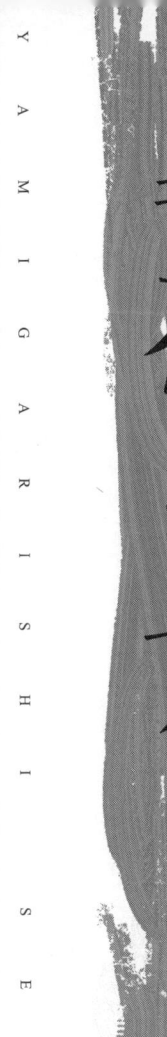

YAMIGARISHI SERIES

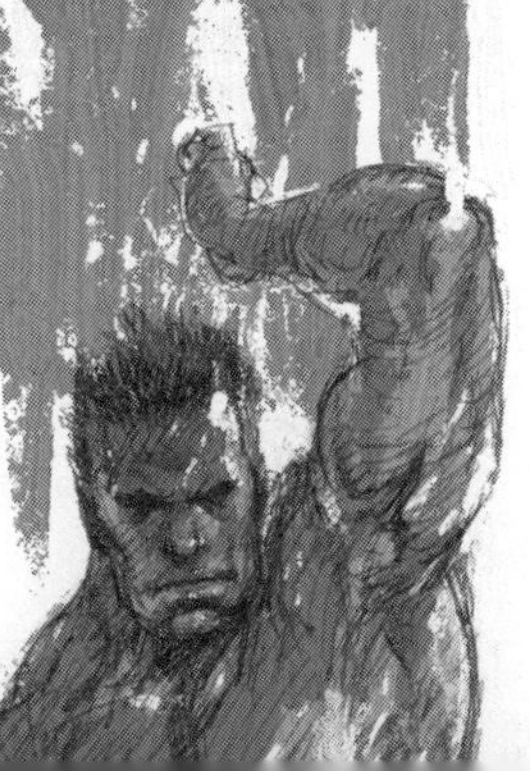

益州《えきしゅう》（四川省《しせん》）の西、雲南《うんなん》の東にあたるところに祠《ほこら》がある。山の岩石を切り開いて石室をつくり、そこに神が住んでいるのだ。これをまつると、神みずから、自分は黄公だと名のる。そこで、土地の人たちは、この神は例の張良《ちょうりょう》が教えを受けた黄石公《こうせきこう》の霊だと称している。なまぐさは嫌いで犠牲《ぎせい》を受けない。祈願をかける人は、みな銭《ぜに》百銭と、筆二本、それに墨を一つ持参して、それ等を石室のなかに置き、進み出て、

「お願いします」

と言う。

するとまず石室の奥から返事があり、やがて、

「おいでなさった方は何用じゃの」

と尋ねる。そこでこちらから願いごとを述べると、折り返しくわしく吉凶の判断を告げてくれるが、姿は見せない。今でもその信仰は続いているという。

『捜神記《そうしんき》』干宝《かんぽう》（竹田晃・訳）

1

坂田美沙子《さかたみさこ》は、眠りながら、声をあげていた。

呻《うめ》き声である。

獣に似た低い唸《うな》り声のようでもあった。

それを、自分の耳で聴いている。自分の声であるのか、それとも、実際に近くで何かの獣が同時に声をあげているのか。

苦しくて、たまらずにあげている声だ。

しかし、獣の唸り声に似た低い声には、どこか、嬉しそうな響きがあった。その獣は、眠ってうなされている自分を見ながら、低い声で笑っているのかもしれない。

だが、その獣の嬉しそうな唸り声もまた、自分があげている声なのだろうとも思う。

半覚醒状態。

身体《からだ》は、布団《ふとん》の中で仰向《あおむ》けになったまま、石のように硬くなっている。動くことができない。

呻き声も、唸り声も、実際には聴こえてないのに、ただ、聴こえていると自分が思い込んでいるだけなのかもしれない。

夢を見ているのだろうか。

悪夢。

しかし、その悪夢の映像がない。

呻き声や、唸り声という、映像をともなわない、声だけの夢。

布団が重い。

大量の土を乗せられているように、ずっしりと布団が自分の身体を圧迫してくる。

苦しい。

眼を開いた。

闇があった。

真の闇ではない。

ほんのりと、わずかに明りがある。窓から、外にある街灯の灯《あか》りか、月の明りが部屋の中に射しているらしい。

しかし、これはまだ、夢を見ているのかもしれない。あんまり苦しいので、眼を開いた夢。

音だけの夢に、映像が加わっただけなのかもしれない。

まだ、半覚醒状態にある。

金縛り。

身体が動かない。

肉体が黒鉄《てつ》になってしまったようだった。

動くのは、眼球だけだ。

そこで、ようやく、坂田美沙子は気がついた。

自分と、天井との間に、ぼうっと光るふたつの点を。

燐光を帯びた、緑色の光。

獣の眼であった。

掛け布団の上——ちょうど美沙子の胸のあたりに、犬が座していた。

犬の座り方ではなかった。

その犬は、まるで、人のように正座をして、両手を膝《ひざ》の上に置いて、身をかがめ、上から美沙子を見下ろしていたのである。

大きな犬であった。

鼻が、あまり前に突き出ていない。

どちらかといえば、のっぺりとしている。

その鼻の形状も、人のそれに似ていた。

しかし、似てはいるが、むろんそれは人のものではない。

とにかく、犬としか見えないものが、坂田美沙子の胸の上に座して、上から彼女の顔を見下ろしていたのである。

犬は、美沙子が気づいたのを知ると、ぱかりと、割るように口を浅く開き、その口の両端を左右に吊りあげて、まるで人のように笑ったのであった。

美沙子は、悲鳴をあげた。

おもいきり、口と喉《のど》を開き、ありったけの力でわめいた。

絶叫であった。

2

川の土手を、男が走っている。

二〇歳を、まだいくらも出ていないように見える。

夜の土手だ。

やっと、車が一台通ることのできる幅がある。

土手の左右は、草の斜面だ。

土手には、二本の車のタイヤが作った筋が走っている。その中央――タイヤの踏まない部分に、草が生えている。

月が出ている。

半月。

その月の明りで、なんとか歩くことはできるが、走るとなると話は別だ。

石や草に、足を取られつまずき、なんども男は転びそうになる。

川の瀬音が響いているが、男の耳には届いていないらしい。

右手が川。

左手が、もう、刈り入れを始める寸前の稲の田圃《たんぼ》だ。

川の向こう側には、低い山があって、その山のシルエットが星空の下方を区切っている。

男は、上流方向にむかって走っていた。

喘《あえ》いでいる。

額にも首筋にも、大量の汗を掻《か》いている。それでも男が走るのをやめないのは、追われているからである。

後方から追ってくる者も、男であった。

追ってくる男は、二〇代の後半であろうか。

追手が足に履いているのは、サンダルであった。

逃げている男は、革靴である。

当然、逃げる男の方が有利で、追う男の方が不利なのだが、それでも、距離が縮まってきているのは、逃げてゆく男の疲労が激しいからである。

それに、夜道は、先に進む方がリスクが大きい。後から追う方は、先にゆく男の、つまずき方や、動きを見て、道の状態の判断がつくからである。

それに、追う男の方が、夜道にもこの土手の道にも慣れており、体力もあるように見える。

追ってきた男が、逃げる男のすぐ背後に迫った。

「待て」

追ってきた男が声をあげた。

伸ばした右手の指先が、逃げてゆく男のシャツの、襟の後ろにひっかかった。

「糞！」

逃げてゆく男が吐き捨てた。

「こいつ」

追ってきた男が、逃げてゆく男にタックルにいった。

「くらあっ」

しがみつかれる寸前、逃げてゆく男は、声をあげて、右手の土手の斜面に向かって大きく跳んでいた。

その身体を、追手が宙で抱えた。ふたりは、もつれあったまま、土手の斜面を転がった。

高さ、およそ五メートル。

下は、石の転がる川原であった。

逃げる男が、先に起きあがった。

その男の足に、追ってきた男がしがみつく。

逃げる男が倒れた。

顔面から、川原の石の上に倒れ込んだ。

かちん、
と、歯が石にぶつかる音がした。

前歯が何本か折れたらしい。

追ってきた男が、立ちあがった。

逃げる男は、まだ、倒れたまま、やっと上体だけを起こしたところだ。

「坂田のところの広一《こういち》か」

逃げる男が、そう言った。

「おれの名前を知ってるのか――」

追ってきた男――坂田広一は言った。

言われて、逃げる男は口をつぐんだ。

「おれの家と知ってて、火を点《つ》けたんだな」

坂田広一は言った。

「うるせえ」

「石山に頼まれてやったんだろう」

「――」

「わざわざ、わからないように、遠くに車を停《と》めて、歩いておれの家まで来たんだろう」

「――」

「三日前、買い物に行った先で、晴美《はるみ》の車が急に燃え出した。駐車場に停めてあった車に、ガソリンを掛けて火を点けたのもおまえか」

何を言われても、男は答えない。

と――

車の音がした。

土手の上を、上流方向から車のヘッドライトが近づいてくる。

その光芒《こうぼう》が、今、ふたりが転げ落ちてきたあたりで停まった。

ドアが、開く音。

数人の人間が、車から降りる気配があった。

「ケンジ、そこか」

上から声がかかった。

「島津《しまづ》さん、こっちです」

逃げる男が、急に元気な声をあげた。

男たちが、土手の斜面を、滑り落ちるようにして、ぞろぞろと下りてきた。

全部で、四人いた。

「しくじりやがって、馬鹿が」

土手の上から声をかけてきた男――島津が言った。

四人が、半円を作って、広一を囲んだ。

ケンジが、口のあたりをぬぐいながら起きあがり、広一を囲む輪に加わった。

「へへっ」

ケンジが勝ち誇ったような声をあげる。

ふいに、強い灯りが、広一の顔面を照らした。

誰かが、持っていたハンドライトのスイッチを入れたのだ。

広一の顔が、闇に浮かびあがった。

土手の斜面を転がり落ちる時に草でつけたのだろう、顔のあちこちに擦り傷があった。

その顔が、怒りと怯《おび》えで、ひきつれていた。

「軽く痛めつけてやれ」

島津が言った。

島津以外の男たちが、広一を囲んだ。その中には、ケンジも混じっている。囲んだその輪を、男たちがせばめてゆく。

広一は、覚悟を決めたように、深く息を吸い込み、男たちを見やった。

顔に灯りを当てられているため、男たちの表情は見えないが、それでも、ケンジがどこにいるかはわかった。

広一の顔が、腹をくくった男の顔になっていた。

「おらあっ」

叫んだ。

叫びながら、近くにいたケンジに向かって、頭から突っ込んだ。

他の者たちが、邪魔をするタイミングを量りきれなかった。

ケンジの足に、広一が足をからませた。

川原の石の上に、ふたり一緒に倒れ込んだ。

広一が上になっていた。

馬乗りになって、広一がケンジの顔に、パンチを一発叩《たた》き込んだ。しかし、広一が入れたパンチは、それがひとつだけであった。

広一は、背を、おもいきり蹴られていた。

ケンジの上から、広一の上体が倒れかかった。

その上体を、後方から抱え込まれた。

無理矢理、ケンジの身体からひきはがされ、立たされた。

ボディに拳を入れられた。

広一は呻いた。

次が顔であった。

顔面を拳で殴られた。

パンチをよけたいのだが、後ろから羽交い締めにされているため、思うように動けない。

たて続けに殴られた。

口の中の頬肉が切れ、そこから生温かいものが舌の周囲に満ちてきた。

広一の唇の端から、血がこぼれでた。

鼻からも、血が流れ出ていた。

ふらふらになったところを、川原に仰向けに転がされた。

三人がかりで、押さえ込まれた。

「指を潰《つぶ》してやれ」

島津の声が聴こえた。

右腕を、無理に伸ばされ、手を開かされて、石の上に置かれた。

「石だ」

ケンジの声がした。ごとりと重そうな音がして、大きな石が川原から持ちあげられたらしかった。

ケンジが、両手で、石を抱えあげたのだろう。

しかし、それを広一は見ることができなかった。

右腕を押さえ込んでいる男の身体に塞《ふさ》がれて、そちらを見ることができないのである。

「や、やめろ！」

広一が、必死でもがいた時、

「へひい」

ケンジの笑う声が聴こえた。

その瞬間、右手の人差し指に激痛が跳ねた。

ぐちっ、

といういやな感触の音が、石と石とがぶつかる音の中に混じった。

声をあげて、広一は呻いた。

「もう一本」

第一関節から第二関節まで、完全に潰されていた。

気が遠くなりそうな痛みの中に、またケンジの声が聴こえた。

さらに、同じ痛みが、今度は中指を襲った。

ケンジの声がまた響いた。

「もう一本、やるか」

その時——

低い、獣の唸り声に似た車のエンジン音が、川原にいる男たちの耳に届いてきた。

数人が顔をあげた。

車のヘッドライトが、闇を裂いて、土手をこちらに向かって近づいてくる。

広一とケンジが走ってきた方角から、その車は近づいてきた。

すでに停まっている島津たちが乗ってきた車の前で、その車は停まった。

しかし、それも一瞬であった。

ヘッドライトが、ぐるりと闇を切り裂いて、こちらに向いたのである。

二条の、強烈なヘッドライトの光芒が、川原にいる男たちの頭上を越えて、対岸にある山肌にぶつかった。

次の瞬間、巨大な獣が上から見下ろすように、ヘッドライトの光芒が、川原にいる男たちを捕えた。

睨《にら》むように、ヘッドライトの灯りが、男たちを照らし出していた。

そのヘッドライトの動きは止まらなかった。

なんと、その車の運転手は、車で、土手の斜面を川原まで下ってこようというつもりらしかった。

斜面の凹凸に合わせて、ヘッドライトが天に向かって跳ねあがり、川面を照らしたり、男たちを照らしたりしながら、その車が土手を下ってくる。

無茶苦茶な運転手であった。

下りたところで、その車は停まった。

車は停まったが、エンジンは切っていない。

アイドリングを続けている。

巨大な獣のように、その車はヘッドライトで男たちを睨んでいた。

やがて、運転席のドアが開いた。

そして、そこから、人とは思えぬほどの肉の量感を持った男が降りてきた。

3

その車は、四輪駆動車である。

ごつい、四角いボディをしていた。

ランドクルーザーであった。

新型のスマートな車体ではない。

旧型——60系の古いタイプのランドクルーザーである。

三一六八ccのディーゼルエンジンが、重い唸り声をあげていた。

そのランクルから降りてきた男の肉体は、その車と同等か、それ以上の量感を持っていた。


古いジーンズに、濃いモスグリーンのTシャツを無造作に着ただけの男だ。しかし、その男は、けたはずれの肉体を有していた。

身長、二メートル。

体重、一四五キログラム。

その太い腕を包みきれずに、Tシャツの袖がちぎれそうなほど張っている。

その男は、獅子《しし》が、自らの意志で檻《おり》から出てくるように、ゆっくりとランドクルーザーから降り、川原の石の上に立った。

履いているのは、特注の、ダナーのワークシューズである。

靴底は、ビブラム張りだ。

特注品でなければ、日常的にこの男の体重を靴が支えきれないのである。

分厚い胸が、ぐっと大きく前にせり出している。

大胸筋が、おそろしく発達しているのである。

その胸の下で、雨宿りができそうであった。

ウェストは、硬く締まってはいるが、体型は、極端な逆三角形をしているわけではない。

太い樽《たる》のようなボディであった。

盛りあがった両肩の間に、太い首がはえていた。

普通の大人の、太腿《ふともも》くらいはありそうな首であった。

その首に、ごつい顎《あご》がかかっている。

四角い、岩のような顎だ。

その上に、やや厚めの唇がある。

髪は、短い。

決して、ハンサムという貌《かお》だちではなかった。

どちらかと言えば、貌だちはごつすぎるくらいである。

しかし、その眼に、なんともいえない、愛敬があった。

不思議に、人を落ち着かせる優しい光が、その瞳の中にある。

年齢は、三〇代の半ばくらいであろうか。


どっしりとした岩。

山のような量感が、その男のたたずまいの中にあった。

その男の左肩の上に、妙な、一頭の獣が乗っていた。

漆黒《しっこく》の獣。

猫。

子猫ほどの大きさであったが、それは大きさだけで、顔つきも身体つきも、成獣のそれであった。

その猫が、その男の肩の上に座して、眠そうに薄眼を開いて男たちを見つめている。

つい今まで、眠っていたようであった。

燐光を帯びた、金緑色の青い瞳が、半眼の瞼《まぶた》の間から、細く見えている。

猫又のシャモンである。

漢字で、沙門と書く。

僧を意味する言葉である。

「だ、誰だ、きさま——」

ケンジが、高い声をあげた。

「九十九乱蔵《つくもらんぞう》って者《もん》だよ」

低い、よく通る声でその男は言った。

魅力的な声であった。

次の言葉を待たずに、

「坂田広一さんは？」

ぼそりと、乱蔵は言った。

坂田広一は、川原に尻をついたまま、左手で右手を押さえ、低い声で呻きながら乱蔵を見た。

「あんただな」

乱蔵が言うと、広一は、

「ああ」

掠《かす》れた声でうなずいた。

「さあ、帰ろう」

山が動いた。

周囲に、誰もいないかのように、無造作に乱蔵は足を前に踏み出した。

猫科の、大型肉食獣のような、しなやかで美しい動きだった。この巨体が、どうしてこのように動くのか。

男たちは、あわてて左右に動いて、乱蔵の通り道を作った。

乱蔵は、身を屈《かが》めて、左手で、軽々と広一を抱き起こした。

「歩けるか」

「は、はい」

乱蔵と広一が歩き出そうとした時、

「おい、待てよ」

島津が言った。

乱蔵の前に、島津が立った。

男たちや、乱蔵には、斜め横から、ランクルのヘッドライトが当たっている。

「おれたちは、今、とりこみ中なんだ」

島津が、声を低めて言った。

この島津だけが、乱蔵に気圧《けお》されていないらしい。

「それで？」

乱蔵はつぶやき、右手の太い人差し指で、頭をごりごりと掻いた。

「誰なんだ、あんた?」

島津が言った。

「今、言ったぜ」

「名前だけだ」

「それで、充分だろう」

島津は、男たちに視線を送り、

「舐《な》められたまま、こいつを行かせる気か?」

そう言った。

「でかいの。おれは、身体のでかい相撲取りや、プロレスラーが、日本刀を口の中に入れられて、小便を洩らして、泣きながら土下座するのを見たことがある。名を言えば、みんなが知ってる奴らだ。あんまり、みっともいいもんじゃない。いきがるのはいいが、おれたち相手にはやめておくんだな」

「口数が多いな、あんた」

ぼそりと乱蔵は言った。

「なに」

島津は、自分の後頭部に右手をやって、それを、そろりと上に持ちあげた。

ヘッドライトの灯りの中に、鋭い金属光がきらめいた。

島津の手に、やや短めの日本刀が握られていた。

上着の背の内側の部分に、鞘《さや》が仕込まれていたらしい。

「へえ……」

乱蔵の太い唇に、はじめて笑みが浮いた。

魅力的な、思わず吸い込まれそうになる笑みであった。

「おい、こいつをこのまま帰すんじゃない」

島津が言った。

ケンジと、それからもうひとりの男が、右手にナイフを握っていた。

もうふたりの男は、川原から、石を拾いあげ、それぞれ両手に握った。

「ちいっ」

「せやっ」

ふたりの男が、それぞれ、右手に持っていた石を、乱蔵の顔面に向かって投げつけた。

近くで、しかも、速度がある。

乱蔵は、右手で、自分の顔の前の空間を、ひょい、ひょいと二度、撫《な》でた。

とん、
という音。

そして、石と石がぶつかる、かつん、という音。

なんと、乱蔵は、大人が片手でやっと握れる大きさの石を、片手で、宙で受けとめてしまったのである。

4

一度目の、とん、という音は、最初の石が乱蔵の右手の中におさまる音だ。ふたつ目の、かつん、という音は、ふたつ目の石が同じ右手の中におさまり、最初におさまっていた石と当たった時の音である。

ふたつの石は、確かに一方が先に、もう一方が後から乱蔵の顔面にぶつかってきはしたが、その差はほとんどないといっていい。

日常的な感覚から言えば、同時である。

その石を、乱蔵は、ふたつ右手の中に掴《つか》んでしまったのであった。

石を投げる。

乱蔵にそれが当たる。

あるいは乱蔵がそれをよける。

それで、乱蔵に隙《すき》ができるはずであった。

そこへ、島津が日本刀で切りかかる――そういうだんどりであったのだろう。

だが、それができなくなってしまった。

右手の中にあった石のひとつを、ちょいと投げて左手に握る。これで、乱蔵は左右の手に石を持ったことになる。

「危ないぜ」

ぼそりと乱蔵は言った。

「ぶっそうなものを出したりすると、こっちもできる手加減ができなくなるからな」

「言うだけ言ってろ」

島津は、両手で日本刀を持って、じりじりと乱蔵に迫ってくる。

「てめえがどれだけ強いのかは知らんが、素手と日本刀じゃ、初めから勝負はついている――」

「ああ、初めからね」

乱蔵はうなずいた。

「だけど、素手と日本刀は関係ない。おれと、あんたとのことだよ」

「何だと!?」

当初は、明らかに脅しであった。

脅しで刀を抜いた。

日本刀を見て、相手が萎縮《いしゅく》する。それでこの場の主導権を握る。それが目的の日本刀である。

本気でそれで切ったり、突いたりするつもりはない。

相手がそれで怯えてくれれば――

だが、それで相手が萎縮もしなければ怯えもしなかった場合はどうなるか。

抜いた方には意地がある。

面子《めんつ》もある。

日本刀を抜いておいて、相手がそれで怯えなかったから、何もできませんでしたというわけにはいかない。

若い者たちがいる。

「脅しだけだと思ってるんじゃないだろうな――」

島津の声が、硬くなった。

いつの間にか、広一と乱蔵を囲む四人の男たちの手に、刃物が握られている。

ハンティングナイフ――

いずれも狩猟用のナイフだ。

獣を撃ち、皮を剝《は》いで、肉を解体したりするのに使用する。

「やれ」

島津が低い声で言った。

若い男のひとりが、

「しゃああっ」

声をあげて、乱蔵に突きかかってきた。

乱蔵の左手が小さく動いた。

ごん、
という鈍い音がして、突きかかってきた若い男が、前のめりに川原にぶっ倒れた。

乱蔵が、手首のスナップだけで、握っていた石を投げたのである。

その石が、男の顔面にぶつかったのである。

若い男は、ナイフを取り落とし、両手で顔面を押さえ、呻いている。

その時には、ふたり目の男が、右手に握ったナイフを左右に振りながら、乱蔵に迫っていた。

「しいっ！」

顔に向かって横に払ってきたナイフをかわし、乱蔵は一歩踏み込んで、

「吩《フン》！」

左掌を無造作に振った。

男の顔面を、乱蔵の分厚い特大の左掌が、正面から叩いていた。

声もあげずに、男は仰向けに倒れ、動かなくなった。

「ちいいいいっ!!」

その時、絶妙のタイミングで、島津が乱蔵に切りかかってきた。

いい踏み込みであった。

素人ではない。

道場で、竹刀か真剣を振った経験のある動きである。

腰が入っている。

腹のすわった動きだ。

もしも、この剣で相手が死ぬことがあってもかま

わない――そういう覚悟がこもっていた。

右にも、左にも、避けようがない。

避けても、どちらかの腕の肉をごっそりと切り落とされる。

しかし、乱蔵は、右にも、左にも、前にも後方にも動かなかった。

「む」

その場に立ったまま、右手を軽く頭上にあげて、上から切り下げてくる刃物を受けただけであった。

ぎいん！

鋭い金属音があがった。

島津が両手に握った日本刀が、下まで切り下げられていた。

しかし、その日本刀は、中央から先の部分が消失していた。

月光の中に、折れた刃先がきらきらと光りながら回っていた。

音をたてて、日本刀の刃先が川原の石の上に落ちた。

「なかなかのもんだよ」

乱蔵が、右手に握っていたものを、川原に放り出した。

ふたつに割れた石であった。

「貴様！」

折れた日本刀で、下から島津が乱蔵を切りあげようとした。

その動きが始まる前に、その顔面にぶつかってきたものがあった。

乱蔵の右足。

堅いビブラム張りの、ダナーのワークシューズの靴底であった。

島津が仰向けにぶっ倒れた。

「くっ」

倒れた島津が顔をあげた。

「よかったな、おれが嘘つきで――」

乱蔵が微笑した。

「なに⁉」

「手加減してやったんだよ。自分の足で帰れるようにな」

惚《ほ》れぼれするような強さであった。

強さの底が見えない。

鼻から血を流したケンジと、もうひとりの若い男は、手にナイフを握ったまま、そこに突っ立っているだけであった。

「どうする？」

乱蔵は、横に立っている広一を見やった。

「どうするって――」

広一は、とまどいの眼で、この巨漢を見つめた。

「晴美さんから聴いたよ。火を点けられたんだって？」

「え、ええ」

広一がうなずいた。

「この中に犯人がいるんなら、そいつを捕まえておこうか」

乱蔵は、じろりと視線を動かして、男たちを見やった。

最初に石をぶつけられた男は、もう、立ちあがっていた。

顔面を叩かれて、意識を失っていた男は、蘇生《そせい》していた。

島津も、そこに起きあがろうとしている。

「な、何を言ってやがる」

ケンジがわめいた。

「お、おれは何もしちゃあいない。あいつの家の前を通りがかったら、いきなりそいつが出てきておれを追いかけてきたんだ。だから逃げたんだ。それでも、ここで捕まって、そいつに殴られた。被害者はおれだぞ」

「おまえか」

乱蔵が、ケンジを見やった。

「な、な……」

ケンジが、後方に一歩退《さ》がった。

その時——

「シャーッ」

乱蔵の左肩で静かにしていたシャモンが、Tシャツの布地に爪を立て、背を丸く持ちあげて声をあげた。

シャモンの黒い体毛が逆立ち、真上に持ちあがった尾の先がふたつに割れていた。

それまで半眼であったシャモンの眼が、大きく見開かれていた。

金緑色の瞳が、らんらんと輝いている。

「糞《くそ》っ」

ケンジが走って逃げ出した。

しかし、乱蔵はケンジを追わなかった。

腰を落とし、周囲に向かって視線を放った。

乱蔵の視線は、土手の上で止まった。

土手の上に、点々と光る、緑色の光があった。

獣の眼だ。

ひとつ、
ふたつ、
みっつ、
よっつ……

無数の光る点が、土手の上から川原を見下ろしていた。

五頭、いや、六頭、七頭の獣が、土手の上にいる。

その光の点が、ゆらりと動いた。

何かをみとめたのだ。

ちょうど、その光の点に向かって、ケンジが土手を駆け登ってゆくところであった。

ふいに、その光の点が動いた。

緑色に輝く獣の眼が、次々に土手を駆け降りてゆく。

朗音！

獣が声をあげた。

朗音！

朗音！

朗音！

犬だ。

犬の吠《ほ》え声であった。

土手の途中で、次々に犬がケンジに飛びかかってゆく。

ケンジの声があがった。

「な、なんだ!?」

「た、助け……」

ケンジの声が、すぐに悲鳴にかわった。

ケンジの身体が、土手を転げ落ちてゆく。

犬の何頭かが、川原に降り、乱蔵たちのいる所に向かって駆け寄ってくる。

倒れていた男たちも、もう、立ちあがっていた。

島津は、手に折れた日本刀を握っている。

まだ、乱蔵にやられていなかった男は、ハンティングナイフを。

他のふたりは、素手であった。

駆け寄ってきた犬が、男たちに襲いかかってくる。

四頭。

「くわっ」

男のひとりが声をあげる。

「この犬っころがっ!」

島津が、折れた日本刀を振った。

それが、一頭の犬の額を、がつんと叩いた。

犬が、痛みをうったえる吼《ほ》え声をあげた。

しかし、犬はひるまない。

ふくらはぎを後方から嚙《か》みつかれ、乱蔵に石で顔面をやられた男は、両手をみっともなく振りながら、川原の石の上に倒れ込んだ。

男が、悲鳴をあげる。

「ぬうっ」

乱蔵は、声をあげた。

奇妙なことが起こっている。

犬たちは、乱蔵に襲いかかってこないのだ。

そして、広一にも襲ってこようとはしなかった。

犬たちが襲っているのは、ケンジと島津たち五人の男であった。

悲鳴をあげていた男の声が、ふいにくぐもり、ごぼごぼという、咳《せき》とも、痰《たん》の音ともつかない湿った音になった。

喉を嚙みつかれたのだろう。

獣の歯が、かつかつと肉を嚙み裂く音。

「むう⁉」

乱蔵は、さっき、石を顔面にぶつけてやった男に駆け寄り、その上に覆《おお》い被《かぶ》さっていた犬の腹に蹴りを入れた。

犬の身体が宙に浮き、地に転がった。

犬が起きあがる。

禺留伝伝伝……

犬が、牙《きば》を剝《む》いて唸った。

乱蔵は、顔をあげて、もう一度、土手の上を見やった。

緑色の光る点が、まだそこにあった。

一対の、燃えるような緑色の眸《ひとみ》。

まだ、土手の上に一頭残っていたのである。


飢伝伝伝伝伝……


乱蔵に向かって、襲いかかってきた犬を、乱蔵は、左足で大きく蹴り飛ばしていた。

その時——

サイレンの音が、聴こえた。

サイレンの音が、急速に大きくなって、近づいてきた。

5

ふたりが、死んでいた。

ひとりは、ケンジである。

喉を嚙み破られ、頰の肉や、腹の肉を喰《く》われていた。

もうひとりは、乱蔵に、掌で顔面を叩かれた男であった。

この男も、喉を嚙まれ、そこの肉を大量に喰いちぎられていた。

出血多量。

乱蔵に、石で顔面をやられた男は、重態であった。

他のふたり、島津と残った男は、そこら中を犬に嚙まれてはいたが、生命の危険はないほどの傷であった。

死ななかった男たちは、病院に入っている。

いずれも、岸又《きしまた》組という暴力団の人間たちであった。

犬たちは、いずれも、消防士や警察官が駆けつける前に、川原から姿を消していた。

坂田広一の妻である坂田晴美が、一一九番と、一一〇番に通報したのである。

坂田広一は、警察から、事情聴取を受けている。

そこで、広一は、事件のあらましを語った。

その日の夜十時頃——

外に妙な気配があった。

人が、いるらしい。

いつもなら、眠る時間であったが、来客がある予定であった。

やってくるはずの人間から、二時間ほど前に連絡があり、途中、渋滞に巻き込まれ、到着が一時間ほど遅れそうだという。

もともと、夜の九時頃に到着の予定であったが、遅くなりそうなので、会うのを明日にしてもかまわないがどうかという電話であった。

晴美が呼んだ人物であり、晴美がその電話に出た。

電話を保留にして、広一と相談をした。

一時間ほどなら、かまわないので約束通り来てもらいたい——そういうことになった。

それで、やってくる人間を待っていたのである。

そういう時に、人の気配があったのである。

何か、水を撒《ま》くような音がした。

さすがに不審に思い、広一が、そっと外に出た。

母屋の北の隅に、人影があった。

手に、擦《す》ったばかりであるらしいマッチを持っていた。

その人影は、マッチを足元に投げた。

ちょうど、母屋の北の隅——角のあたり、マッチの火が落ちたところから、たちまちめらめらと炎があがってきた。

「何をしてる!?」

広一が叫ぶと、人影は走って逃げ出した。

広一が駆け寄ると、ぷうんと灯油の臭いがした。

母屋の北の隅に、灯油で濡れた新聞紙が積まれ、それが炎をあげていた。

広一は、あわてて、火をあげている新聞紙のかたまりを蹴り飛ばした。

まだ、母屋に火は完全に移ってはいなかった。

小さく火があがりかけた場所を靴でこすると、火は消えた。

人影が、走って逃げてゆくのが見える。

「くそっ」

広一は、その人影を追った。

すぐ、追いつきそうになった。

人影は、片手に、十リットル入りのポリタンクを持っていた。

満杯ではないにしろ、まだ、灯油がその中に残っているようであった。

広一に追われているのがわかると、すぐにその人影はポリタンクを放り投げて、走り出した。

本気ではない。

広一はそう思った。

本気なら、家に直接灯油をかけ、火を点けている。しかも、寝静まった深夜から朝にかけての時間帯をねらう。

そうしなかったのは、いやがらせだからだ。

もしも、本気でやったら、家で眠っている者たちが死んでしまう可能性が高いからだ。

かといって、もしも、気づくのが遅れれば、家が全焼する可能性は高い。

人が焼け死ぬことだって充分あり得る。

広一の家は、農家であり、木造である。

半焼であっても、全焼と同じだ。建てなおさねばならなくなるし、家具なども消火作業で水びたしになり、買いかえねばならなくなる。

いやがらせでも、極めて悪質だ。

怒りで、身体が震えた。

追えば、危険とわかっていたのだが、そんなことも忘れて、人影を追ったのだ。

追いつき、人影と争いになり、あやういところで、遅れてやってきた来客——乱蔵に助けられたのである。

入院した男たちは、黙秘した。

島津と、もうひとりの男は、病院のベッドの上で口が利《き》ける状態であったが、事件については何も語らなかった。

「弁護士を呼んでくれ」

言ったのはそれだけであった。

何故《なぜ》、いきなり犬が襲ってきたのか、それは不明であった。

野犬が群をつくっているという噂《うわさ》も、この近くにはない。

諸々《もろもろ》の細かい手続きが終り、乱蔵が、坂田広一、坂田晴美とあらためて向かいあったのは、翌日の午後になってからであった。

6

乱蔵は、その巨体を、どっしりと床の上に沈めていた。

木の板の上に、座布団があり、その上に乱蔵は胡座《あぐら》をかいているのだが、乱蔵の尻と太い丸太のような脚の下に隠れて、座布団はほとんど見えなくなっている。

見えているのは、座布団の四隅だけである。

天井が高い。

というよりも、天井がないのだ。

乱蔵の頭上には、太い梁《はり》が、やはり太い柱から柱へ、梁から梁へ、縦横に走っている。

長い間燻《いぶ》られて、黒光りしている柱と梁であった。

大きな空間に、乱蔵は包まれている。

乱蔵の肉体が、窮屈そうに見えない空間であった。

乱蔵の前には、囲炉裏《いろり》がある。

太い梁から火天《ひあま》が下がり、さらにその火天から、自在鉤《かぎ》が下がっている。

囲炉裏では、火が燃やされ、その上に鉄瓶がかかっていた。

鉄瓶からは、さかんに湯気があがっている。

乱蔵の膝先に、大ぶりの湯飲み茶碗が置かれている。

そこから、まだ淹《い》れたばかりの茶が、やはり柔らかな湯気をあげていた。

新茶の香りが、空気に溶けていた。

乱蔵の向こう側に、坂田広一と、晴美が並んで座している。

広一は、潰された指に、白い包帯を巻いていた。

乱蔵の左肩の上で、シャモンが、気持ちよさそうに眼を閉じ、丸くなっている。

「みごとなものだ」

乱蔵は、上の大きな空間を見あげながら言った。

「父が売ろうとしたんですが、ぼくが残しました」

広一が言った。

「お父さんが?」

「ええ」

広一はうなずいた。

「それにしても、昨夜はたいへんだったたな」

「おかげで、助かりました」

「なんだか、厄介なことに巻き込まれてるようだが――」

「いやがらせです」

「いやがらせ?」

「しばらく前にも、晴美の車に火を点けられました」

「火を？」

「町の、スーパーの駐車場に停めていた車に、ガソリンを掛けられ、火を点けられたのです」

「昨夜の連中から？」

「おそらくそうです」

「何故、いやがらせを――」

乱蔵が訊《たず》ねると、広一は、唇を閉じ、沈黙した。

しかし、沈黙の時間はわずかだった。

「ぼくが、ダムに反対しているからでしょう」

「ダム？」

「ええ」

広一はうなずき、

「しかし、九十九さんをお呼びしたのは、この件ではありません」

「確か、憑《つ》きものの件と、電話では言っていたようだが――」

「はい」

うなずいたのは、それまで沈黙していた晴美であった。

「母が、犬に憑かれているようなのです」

晴美は言った。

7

「犬？」

乱蔵は訊いた。

「ええ」

晴美はうなずいた。

「犬か、犬のようなものです」

「犬のようなものとは？」

「それが、どうも、普通の犬とは少し違うようなのです」

「どう違うんだい」

乱蔵が問うと、晴美は、それを口にしたものかどうか決心しかねているように口をつぐみ、救いを求めるような眼で広一を見た。

「言えばいい。そのために九十九さんに来ていただいたんだ」

広一が言った。

「こんなことを言うと、信じていただけないかもしれませんが――」

晴美が、意を決したように、口を開いた。

それでも、さすがに言いにくそうに、またその唇が閉じる。

「どうぞ、おっしゃって下さい」

「たとえば、人のように二本脚で立ったり、歩いたりする犬がいると言ったら、九十九さんは信じますか」

「見たのかい、二本脚で歩く犬を――」

乱蔵が訊いた。

「はい」

晴美はうなずき、

「見ました」

はっきりとした声で言った。

「その二本脚で歩く犬が、母親に憑《つ》いたというんだな」

晴美は、顎をひいて、またうなずいた。

「普通の犬でも、場合によっては、わずかな距離を、二本脚で歩いたりします。訓練された犬は、二本脚で何十メートルも歩きます。わたしもテレビでそういう映像を見たことがあります。しかし、それは、たとえ百メートル歩いたにしろ、犬のように歩くのです。人のように歩くのではありません。わたしが見たのは――」

その時の光景を思い出したように、晴美は首をすくめ、窓の外に眼をやった。その眼には、明らかな怯えがあった。

「――あんな気味の悪い犬がいるなんて」

「詳しく話していただけませんか」

乱蔵が言うと、

「たぶん、〝お犬さま〟が原因だろうと思います」

広一が言った。

「お犬さま？」

「ええ。母は、お犬さまをやったんだと思います。そう言ってましたから」

「どういうことでしょう」

「一カ月くらい前だったのですが——」

そう言って、広一は話しはじめた。

8

一吉町《ひとよしちょう》は、九州の熊本県にある。

一級河川久麻川《くまがわ》の中流域にある町で、久麻川は町を二分するかたちで、流れている。その久麻川に、右岸から川奈辺川《かわなべがわ》という川が流れ込んでいた。

一吉町は、その久麻川と川奈辺川の合流点を中心に発達してきた町で、左岸には一吉城公園がある。

久麻川は、鮎の名川であり、尺鮎が釣れることも珍しくない。

この一吉町に、五年ほど前から、奇妙な老人が住みついた。

住みついた——と言っても、どこかに居を構えているわけではない。

家があるわけでもなく、アパートを借りているわけでもない。昼間は、町内をうろうろしたり、久麻川や川奈辺川の川原で、大きな岩の上に腰を下ろして、一日中釣り人を眺めていたりする。

夜、どこで寝ているのか、よくわからない。

公園のベンチで眠っているのを見たという人もいれば、久麻川下りの船が出る船つき場の屋根の下で眠っているのを見たという人間もいる。

眠る場所は、どうやら定まってはいないらしい。

この老人が、一頭の犬を連れていた。

マスチフ犬に似た、黒い、毛の長い犬であった。

老人は、無口で、ほとんど口を利かなかった。

どこから金を調達してくるのか、時おりコンビニで握り飯を買ったりすることもある。

浮浪者——そう言ってしまえばそれまでだが、それだけではくくれないどこか妙なところが、この老人にはあった。

現実世界のことに興味がないかのように、淡々としている。感情を露《あら》わにしない。怒ることもないかわりに、笑うこともなかった。

不思議な老人であった。

風のように生きているように見える。

この老人について、奇妙な噂が立ちはじめたのは、一年目くらいからであった。

それは、占いのようなことを、この老人がやるという噂であった。

いったい、何が最初であったのかは忘れたが、町内のある老人が、散歩中に財布を落とした。

独り暮らしの老人で、月に一度、現金を銀行からおろす。その現金を、常に身につけて老人は外出する。誰もいない家に現金を置いてゆくのが不安であるからなのだが、ある時、散歩中にその現金の入った財布がないことに気がついた。

家を出る時には、確かにその財布を持っていたことを憶《おぼ》えている。

それがない。

散歩コースを歩いてもどりながら捜したが、見つからなかった。

途方にくれて、一吉城公園のベンチに座っていると、犬の老人がそこへやってきた。

夕刻——

このところ、いつも、そのベンチの上で犬の老人は寝ている。

財布を落とした老人も、そのことはわかっている。何度か、このベンチで眠っている犬の老人を見たことがある。

犬の老人は、財布を落とした老人に、どいてくれと言うわけでもなく、無言でベンチの前に立っていた。

それで、財布を落とした老人は、犬の老人の存在に気づいたのである。

よれよれのコートを着た犬の老人が、犬を連れてそこに立ち、ベンチに座っている老人を凝《じ》っと見つめていたのである。

財布を落とした老人は、ベンチから立ちあがり、

「どうぞ」

犬の老人にベンチを譲ろうとした。

しかし、犬の老人は、ベンチには座らなかった。

「どうしました?」

財布を落とした老人に声をかけてきた。

言ってもしょうがない――話をしたところで、犬の老人が失《な》くした財布を見つけてくれるわけではない。

しかし――

「財布を落としてしまって――」

簡単に状況を説明した。

すると――

「捜しておいてあげますよ」

犬の老人が言った。

「明日、また、ここへ来てみて下さい」

その言葉を、老人は信じたわけではなかった。

半信半疑でやってくると、

「この財布ですか」

犬の老人が、コートのポケットから財布を取り出した。

「わたしのです」

間違いない。

自分の財布であった。

中を確認したら、額も記憶と一緒である。七万円余りの金が、そのまま入っていた。

「どこでこれを」

驚きながら、老人は訊ねた。

「わかりません」

犬の老人は言った。

「わからない?」

「はい」

「しかし、これを見つけてきて下さったじゃありませんか」

「実は、これはわたしが見つけたのではないのです。この犬が、どこかから見つけて、わたしのところまで持ってきてくれたのです」

「しかし――」

老人は、自分の疑問をどう言葉にしてよいかわからなかった。

だとするなら、いったいどうやって、犬の老人は犬に財布のことを教えたのか。だいいち、その財布の形状や色を、どうやって犬に伝えるのか。

犬が、人の言葉を理解できるのなら別だが、犬にわかるのは、わずかな限られた言葉くらいである。

あらかじめ、捜してくる財布を見せ、その臭いを嗅《か》がせた上で、それを捜させることはできようが、こんどのようなケースではあり得ないことであった。

犬の老人が、他人にはわからない方法で、犬にそれをやらせたのか。犬が勝手にそれをやったとも思えない。

心の中に湧いたそのような疑問を、うまく言いあらわせなかった。

まさか、この犬の老人が、最初から財布を拾っていたか、盗むかして、それをもったいをつけて返してよこしたのか。

「ありがとうございます。とにかく助かりました」

ともかく、そう言うしかない。

翌日、老人は、和菓子と礼金を入れた封筒を持って、もう一度公園にやってきた。

「これは、昨日のお礼です」

老人が言っても、犬の老人はそれを受け取ろうとはしなかった。だからと言って、そうですかと、いったん出したものを引っ込めるわけにもいかない。

「とにかく、受け取って下さい」

老人は、強引に、一万円入った封筒と菓子折りを置いていった。

この老人の体験と似たようなことが、犬の老人をめぐって幾つか起こっている。

犬の老人が、誰かが失くしたものを捜し出してきたという、老人と同様のケースもあれば、悩みの相談もあった。

この場合は、最初はある青年のグチであった。

場所も同じ公園である。

夜——

酒に酔った青年が、ほとんど独り言同然に、勤め先の上司の悪口を言った。

「あいつさえいなければ、会社へ出るのも楽しいだろう」

「ケガでもして、明日、休まないかな」

そうしたら、本当に、その二日後、その嫌いな上司が、仕事を休んだというのである。

勤め先からの帰りに、歩道で転び、顔から地面に倒れ込んで、鼻骨を折ったのだという。

この青年のようなケースも幾つかあったらしい。

何気なく、犬の老人の前でグチを言う。

すると、その時口にしたことの幾つかが、現実のものになる——このようなパターンだ。

何故、そういうことが起こるのか、誰もわからない。

しかし、起こる。

理屈ではない世界だ。

何かの能力を、実は犬の老人は持っているのではないか。

その能力で、犬を使ったり、誰かのたあいのない願望を叶《かな》えてやったりしているのではないか。

〝犬の老人の占いはよくあたる——〟

当初の頃のニュアンスは、そんなものであった。

それが、やがて、

〝犬の老人は金で人を呪ったり殺したりする〟

そういうものに変化していったのである。

誰かを不幸にしたり、呪ったりしたい時には、ひそかに老人のもとを訪れて、それを頼むといい。

呪いの種類にもよるが、一件一〇万から五〇万円で、それを請け負ってくれるというのである。

するると、老人かあるいは犬が、その呪いを代行してくれる——

そうして、いつの間にか、犬の老人のところまで、呪いを頼みに行くことが、

〝お犬さまをやりにゆく〟

と言われるようになっていたのである。

9

「それは、本当のことかい？」

乱蔵が訊いた。

「と言いますと？」

広一が逆に訊ねた。

「老人か犬が、呪いを金で請け負っているということがだよ」

「噂です」

「噂？」

「誰も、自分が老人の許《もと》まで呪いを頼みに行ったと告白する者はいないのです」

「ほう」

「誰かが頼みに行ったらしい、こういうことがあったようだ——わたしのところに直接耳に入ってくるのは、皆そういう話ばかりです。少なくとも、当事者から話を聴いたというのは、これまで一度もありません」

「お母さんをのぞいては？」

「そうでした。うちの母が言っていたのでしたね」

「ですが、何故、お母さんは〝お犬さま〟をやろうと考えたのですか」

「父の件があったからでしょう」

「お父さん？」

「わたしの父です。母にとっては夫ということになります」

「何があったんだい」

「今年の春に、父が亡くなったのです」

「亡くなられた？」

「ええ、交通事故です」

広一がうなずいた。

「それと〝お犬さま〟とどういう関係があるんだい」

「つまり、母は、父の死を、事故とは考えなかったということです」

「――」

「母は、父が、殺されたのだと考えていました」

「誰に殺されたと？」

「岸又組の連中に――」

「昨夜、おれが会った連中か」

「はい」

広一がうなずいた。

「どういう事情があったんだ」

「ダムです」

広一は言った。

10

川奈辺川の上流に、ダムを作ることになったのは、三〇年前である。

場所は、川奈辺村。

最初は、取水が目的であった。

それが、この三〇年の間に、何度か変わった。

地元からの反対にあい、目的が発電に変わった。

しかし、目的を発電に変えたからといって、地元の反対が失くなるわけではない。

地元民との話し合いや反対するマスコミによって、取水目的のダムはいらないと論破されそうになったから、目的を発電に切りかえただけである。

水も余っている、電力も余っている――ダム建設が発表されてから、一〇年、二〇年とたつうちに、当初見込まれていた水需要も、電力需要も、計算通りには伸びなかったのである。

そして、一〇年前に、ダム建設の目的が治水に変化したのである。

一度決めたら、何が何でもそれを押し進めようというのが、国の体質であり、役人と建設業者との癒着もある。

ダム建設の費用のトータルは、およそ二千五百億円であった。

土地の買収。

ダムに沈む民家に対する補償金。

ダムを作るために、まず道路も作らねばならず、さらには、水底に沈むことになる村ひとつを、山の上部に引っ越しさせねばならない。その村へ続く道路を作り、学校を作り、役場も建てねばならない。

巨額の金が動く。

金が動くところには利権がある。その利権にたかる人間たちがいるのである。

上流の、ダムができる村は、ふたつに分かれた。

ダム推進派と反対派である。

業者は、反対派を少しずつ切り崩していった。

巨額の金を積みあげて立ちのきを迫り、立ちのきを承知した家には、熊本市内に引っ越せるよう便宜をはかり、多くの家が熊本市に居を移した。

ところが、街の生活には、皆、一年で飽きた。

熊本市に引っ越したとはいっても、多くは老人たちである。補償金はたくさんあるから、働く必要はない。

かといって、街ではすることがない。

飲みにゆくか、毎日パチンコをやるか。

山に住んでいれば、畑に手を入れたり、近所づきあいをしたり、山に入って樹の手入れをしたりと、そこそこやることはある。知り合いが近くにいるし、ただ何もせずにテレビを見ているだけの日常よりはずっといい。

それで、皆、川奈辺村にもどってきた。

しかし、もともと住んでいた家は、出ていったと同時に解体されるか、屋根と壁に大きな穴が空けられている。

もう、もどろうとしてももどれぬように、業者がやったのである。

残った、ダムに沈まない土地か、知り合いの土地の一部を分けてもらい、そこに小屋掛けをして、もどってきた老人たちは住んだ。

しかし、いずれ、ダムができればそこも立ちのかざるを得ない。

後悔をしても、遅かった。

買収された土地から、工事が進められ、道路の半分近くは、もうできてしまっている。

結局、一〇年で、村での土地買収はカタがついた。いよいよダム本体の着工に入るところなのだが、ひとつ、問題があった。

一吉町に接する、川奈辺川下流域の川奈辺村の漁業協同組合が、まだ、ダム建設に反対していたのである。

川奈辺川は、鮎の川である。


漁協は、毎年その鮎で収入を得ている。

上流にダムができたら、水量が減って、鮎にとっては大きな打撃となる。天然鮎が遡上《そじょう》しなくなるか、したとしてもその数が大きく減ることになる。

単に金銭的な問題だけでなく、ダムは環境にもよくない。

それで、漁協は反対を続けてきたのである。

その漁協の中心的人物が、広一の父である坂田順一郎であった。

川奈辺漁協さえ、うんと言えば、ダム本体の工事に入ることができる。

ダム推進側にしてみれば、金を積みあげればあっさりカタがつくであろうとタカをくっていたのだが、どれほど金を積んでも、漁協は首を縦にふらなかった。

漁協がもし、推進派、反対派の二派に分かれていたら、むこうもなんとかやりようもあったろうが、漁協は全員がダムに反対であった。

漁協の人間たちが、妙な事故にあうようになったのは、今年に入ってからであった。

漁協の副組合長の、下山忠夫の新築したばかりの家が、三月に火事になったのが最初であった。

その次には、下山本人が、夜、仕事から帰宅途中に車に撥《は》ねられて大怪我をし、半身不随——下半身が動かなくなって、車イスを利用せねばならなくなった。

五月には、漁協の立花浩一郎の乗用車が、スーパーの駐車場に置かれている間に、ふいに爆発して燃え出した。

放っておいて、自然に起こる事件ではなかった。

何者かが、立花の車のガソリンを抜いて、車の下に撒き、それに火を点けたのだということがわかった。

しかし、誰がやったのか。

それを考えている時に、坂田順一郎の事件がおこったのである。

11

坂田順一郎は、漁協の組合長をしているだけあって、自らも竿を握って、時間さえあれば川に入る。

専門は鮎である。

鮎が始まれば鮎だけをねらって、他の釣りには手を出さない。それだけ、鮎釣りにのめり込んでいるのである。

順一郎のやっている鮎釣りは、友掛けとか友釣りとか呼ばれている釣りであった。

縄張りを持つ鮎の習性を利用した釣りである。

野鮎が食べているのは、水中の石に付いた珪藻《けいそう》である。水中の石を手で触れると、ぬるりとした感触があるが、そのぬめりを鮎は食べるのである。

自分が、餌《えさ》を喰《は》む石の周辺が、鮎の縄張りとなる。その縄張りの中に他の鮎が入ってくると、縄張りを持っている鮎は、侵入してきた鮎に、攻撃をかける。

この攻撃とは、つまり体あたりのことである。

この鮎の習性を利用して、仕掛けの先に、野鮎を掛けるための掛け鉤《ばり》を付けたオトリ鮎を付けて川を泳がせる。野鮎の縄張りにオトリ鮎が入り込むと、野鮎が攻撃を仕掛けてきて、掛け鉤に掛かってしまうことになる。

これが、鮎の友釣りである。

毎年、自分で仕掛けを工夫して、川に出る。

これが、順一郎の楽しみであった。

順一郎は、夏だけの職漁師なのである。

釣った鮎は一吉温泉の旅館におろしている。

ダムができれば、この鮎釣りの楽しみが奪われることになる。天然の鮎ではなく、放流された鮎を釣ることになる。

型も小さくなり、野鮎の追いも悪くなる。

鮎漁の収入が減り、生活が苦しくなることよりも、いい釣りができなくなることの方が、順一郎には我慢ができなかった。


ダムができれば、水量が三分の一になってしまう。

みんなのためになるダムなら、それでも我慢するが、作っても意味のないダムである。

三〇年前に、大雨が降り、川が氾濫《はんらん》をした。

川岸が削られ、道路が崩れ、家が二軒流され、二名の死者が出た。

そういう災害から村を守るためのダムであるという。

しかし、その氾濫の原因はわかっている。

確かに、三〇年前の雨は、凄《すご》かった。しかし、同程度の雨なら、何度か順一郎も知っている。だが、川奈辺川はその雨で氾濫するような川ではなかった。

原因は、山の樹を切ってしまったことだ。

森の樹を切り、山を裸にした。

それで、山の保水力が落ちたのである。

天から降った雨が、そのまま川に流れ込んでしまったのである。

その後、山に樹を植えた。

それから三〇年経っている。

樹も育った。

八年前に、三〇年前以上の雨が降ったが、山は保水力をとりもどしており、川は氾濫しなかった。

ダムはいらない。

これが順一郎の考えであった。

いい川で、鮎を釣る。

これに勝る楽しみはない。

しかし、鮎釣りには、禁漁期間がある。

毎年、六月一日の解禁日まで、鮎を釣ることはできないのだ。

この六月一日までの鮎の禁漁期間に、順一郎は別の釣りをする。

渓流釣り――川の上流部に入って、エノハ釣りをする。

関西で言うアマゴ釣りである。

ヤマメに非常に近い種で、ヤマメと違うところと言えば、身体に赤い斑点《はんてん》があるところくらいである。

極めて美しい魚である。

九州の川には、基本的にはイワナはいないので、渓流釣りというと、このエノハ釣りのことになる。

順一郎がやっているのは、最近流行《はや》ってきたフライフィッシングではない。

渓流竿を使ったエサ釣り――ミャク釣りである。

家は、農家である。畑と林を持っており、そこで野菜とシイタケを作っている。

その仕事の間を見ては、渓流に入ってエノハを釣る。

五月中旬のその日も、エノハ釣りに出かけた。

川奈辺川の上流――支流の五木川《いつきがわ》に入った。

川に沿った林道を、車で上流に四〇分ほど行ったあたりである。

早朝に出かけ、昼前の午前十時くらいにはもどる予定であった。

それが、昼になっても帰ってこなかった。

ミャク釣りは、基本的には早朝の釣りである。

陽が昇る直前から、陽が昇ってその光が谷に差し込むまで。

九時か、十時には竿をたたむ。

釣れている時は、そのまま釣り続けるが、それでも、昼には納竿《のうかん》して家に帰ってくるはずであった。

そういう時も、たまにはあった。

それが、午後二時になっても順一郎が帰ってこない。

昼の弁当を用意していってはいないはずであった。

朝食を、まだ暗いうちに簡単に摂《と》っただけである。

御飯に、熱い味噌汁をかけ、漬け物と一緒に短時間で腹におさめ、軽トラックで出ていった。

いくら釣れているにしても、腹が減ったら帰ってくる。

順一郎は、釣り好きには釣り好きだが、そんなにがつがつした釣りをするわけではない。

竿の納め方のほどがよい。

独りの釣行《ちょうこう》であった。


いつものことであり、初めてゆく川ではない。自分の庭以上に熟知した場所である。

それが、昼の二時になっても帰ってこない。

何か事故があったのか。

いくら熟知した川と言っても、六十三歳である。

昔の体力があるわけではない。

足を滑らせて、淵に落ちたのか。

いや、淵に落ちたくらいなら、濡れるだけだ。

倒れた時に、岩で頭を打ったり、動けなくなるような怪我《けが》をしたのかもしれない。

昨日、雨が降った。

それが、夕刻にやんでいた。

川に適当な濁りが入り、朝には澄みはじめる。

笹濁り――

餌《えさ》釣りのコンディションとしては、最高の時である。

そういう雨あがりのタイミングの時に、順一郎はいつも川に入る。地元でなくてはできない釣り方である。

だが、崖《がけ》が崩れたりするほどの量の雨が降ったわけではない。もし、崖が崩れて林道が塞がれていれば、そこから引き返してくればいいだけのことだ。

たまたま、車がそこへさしかかった時に崖が崩れてくることなど、めったにあることではない。

三時を過ぎた時に、さすがに心配になって、広一が様子を見に行った。

広一は、坂田順一郎のひとり息子である。

五年前に、晴美と結婚した。

子供はまだない。

広一は、畑仕事を途中で切りあげ、自分の乗用車で、支流の五木川まで出かけて行った。

川奈辺川沿いに続いている沿岸道路から、五木川出合いで左折して、五木川沿いの林道に入った。

五木川を右手に見るかたちで、広一は車を走らせた。

舗装してある道ではない。

土と砂利の道だ。

右側が川、左側が崖になっている。

奥は行き止まりになっている。

その行き止まりまで車を走らせたが、見覚えのある車はどこにも見当らなかった。

行き止まりの場所で、方向転換をして、また車を走らせた。

釣りをする時には、林道の途中に車を停め、そこから川に入って釣りあがってゆく。竿を納めた場所から林道にもどって、林道を歩いて車を停めた場所までもどってくることになる。

川によっては、色々なケースも考えられるが、五木川は、林道と川とがずっと並行して続いており、脇道であるとか森の中に車を停めたりすることはない。必ず林道の、一部道幅が広くなっている場所に車を停めることになる。もし、順一郎がまだ五木川に入っているなら、必ず利用した車が林道のどこかに停まっていなければならない。

それが、見当らなかった。

停まっていた軽トラックを見落としたということはあり得ない。

つまり、順一郎は五木川に入らなかったか、あるいは入ったとしても、すでにあがって別の場所へ移動してしまったことになる。

いずれにしろ、では順一郎はどこへ行ったのかということになる。

他にも、川奈辺川の支流で、エノハ釣りに適した川は何本かある。

それとも、行きか帰りか、ハンドルを切りそこねて、崖下に落ちたのか。

川沿いとは言っても、川よりもずっと高い所を林道が通っている場所が、何カ所かある。

もどる時は、それに注意しながら車を走らせた。

悪い予感があたった。

途中、左側の路肩の草が、倒れている場所を見つけた。

来る時には、停めてある車のことばかり考えていたので、気がつかなかったところだ。

車を降り、その跡が車のタイヤが踏んでできたものかどうかを確認しようとした。

だが、確認するまでもなかった。

崖の上から下を見下ろした時、二〇メートルほど下方の水際の川原に、白いものが見えた。

一台の白い軽トラックが、そこで、横倒しになっていたのである。

見覚えのある軽トラックであった。

「親父……」

広一は、草に摑まりながら、崖下に降り、軽トラに駆け寄った。

運転席に、シートベルトをしたまま、人がぐったりとしていた。

額から血が流れていた。

口からも鼻からも血が流れていた。

「親父」

身体は、すでに冷たくなっていた。

順一郎は死んでいた。

荷台に載せてあったらしい魚籠《びく》が、五メートルほど横に転がっていた。

中に、二〇尾あまりのエノハが入っていた。

いずれも二〇センチを超える大きさのものばかりで、そのうちの二尾は、尺を超えていた。

事故——

ということになった。

釣りの帰りに、ハンドルを切り損ねて崖下に転落。その衝撃で、頭部を打ち、出血多量で死んだことになった。

肋骨《あばらぼね》が三本折れ、内臓は破裂し、頭蓋骨は陥没していた。

順一郎の妻、美沙子がおかしくなったのは、葬式が済んでからであった。

初七日のあたりから、

「あれは、事故じゃないわ」

美沙子はそう言うようになった。

「殺されたのよ……」

12

「殺された？」

乱蔵は訊いた。

「ええ」

うなずいたのは、坂田広一であった。

「本当に？」

「わかりません。わかりませんが、その可能性はあると思っています」

「誰に殺された可能性があると？」

「ダム推進派の連中にです」

「と言うと？」

「うちに火を点けようとした連中です」

「岸又組？」

「ええ」

広一は、唇を噛んだ。

「ダムの工事は、石山建設が中心になって請け負うことになるでしょう」

「石山建設？」

「石山史典《ふみのり》という男が社長をやっている建設会社です。このバックについているのが、岸又組と、国会議員の河本政一です」

「石山建設から、高額の政治献金と裏金が河本政一に流れているって図だな」

「そうです」

「岸又組にも、石山建設から金が流れているわけか」

「ええ」

広一がうなずく。

「で、お母さんは何と？」

「岸又組と石山に殺されたと、そういうことを言ってました」

「何か証拠が？」

「いえ、証拠はありません」

「しかし、証拠がなくとも、美沙子さんがそう考えるのは自然なことでしょう。特別におかしいというわけではないように思うがね」

「そうです。ですが、それまでの母のことを考えると、気が抜けたようになってしまって——」

「御主人を亡くされたのでは、そうなるだろう」

「でも、そういうのとは、母の場合、うまく言えないのですが、ちょっと普通と違うところがあったのです」

乱蔵は訊いた。

「どう違っていたんだい」

13

美沙子は、時間で言えば、一日のうちの半分近くは、いつもの美沙子であった。

順一郎の死を、耐えている。

しかし、残りの半分は、精神が不安定であった。

半分放心したようになり、ぶつぶつと独り言のように順一郎のことをつぶやいている。

「言ったのに……」

「だから言ったのに……」

「ダムに反対なんかしない方がいいって——」

「どうして、死んでしまったの」

「言ったのに……」

「殺されたのよ」

「岸又の連中が無理やり……」

「石山がやらせたのよ」

「釣りになんて行くから——」

「もう、行っちゃだめよ」

「あぶないことは、やめて——」

順一郎は殺されたと言ったすぐその後に、まだ順一郎が生きているようなことを言う。

そして、ふいに、声を大きくする。

「どうしたらいいのよ」

「これから、どうしたらいいの」

「殺してやるわ！」

「岸又も、石山も、死んでしまえばいい！」

「殺してやるわ！」

そんなことを叫ぶ。

叫び終ると、ふいにまた、ぶつぶつと独り言をつぶやく。

ある時は、一吉警察から連絡があった。

美沙子がこちらにいるので、引きとりに来てくれないかという電話であった。

ちょうど、家に美沙子がいないので、どこへ行ったのかと捜していた時であった。

話を聴けば、こういうことであった。

三時間ほど前に、美沙子がやってきて、岸又と石山を捕まえて、死刑にしてくれと言ったというのである。

交通課の窓口で、美沙子がいきなり、そんなことを言い出したらしい。

美沙子のことを知っている者がいた。

順一郎の死んだ事故現場に立ちあった警察官であった。

彼が、美沙子を別室に通して話を聴いた。

「何故、あいつらを捕まえないんですか」

美沙子は、その警察官に食ってかかった。

「あいつらは人殺しなのに」

「人殺しは、捕まえて死刑にした方がいい」

同じことを繰り返す。

しまいには、

「警察もグルになってるんでしょう」

そう言い出した。

言いながら、泣き出す。

その件については、ひとまずうかがったから、ここはいったん家に帰ってくれと言っても、

「あいつらを死刑にするまでは帰らない」

美沙子がだだをこねる。

どうしたものかともてあまして、広一のところまで警察官が電話をしてきたというのである。

広一は、一吉町の警察署まで出かけてゆき、美沙子を引きとった。

その時から、美沙子は無口になった。

必要なこと以外は口にしなくなった。

畑の仕事もしなくなり、いつも仏壇の前に座るようになった。

順一郎の位牌《いはい》を前にして、低い声で独り言を言う。

それまでは、独り言ではあっても、広一か晴美に話しかけるような感じがあった。だが、警察から帰って来て以来、それもなくなった。

仏壇の前の美沙子は、ぶつぶつと、聴きとり難《にく》い声で、何か言うようになった。

「警察は、あてにならないから……」

「自分でやらなくちゃ」

何ごとかを確認するように、言いながらうなずく。

「お犬さまにお願いすればいいんだわ」

つぶやいてから、

「そうよ」

またうなずく。

「わたしの代わりに、お犬さまにやってもらえばいいのよ」

14

「それで、美沙子さん——お母さんが、お犬さまをやったと？」

乱蔵は訊《き》いた。

「わたしは、そう思っています」

坂田広一はうなずいた。

「思っていますということは、はっきり確認をしたわけではないのですね」

「ええ」

「しかし、やったと思われる根拠はあると？」

「はい」

広一はうなずいた。


ある時——

母の美沙子が、一日中いないことがあった。

広一にも晴美にも行く先を告げずに家を出てしまったのである。

夕方になっても帰ってこない。

順一郎が死んでから、精神的に少しあやうくなっていることもあり、心配になって、心あたりに連絡をとったり捜したりしてみたのだが、見つからない。

警察に電話を入れようかと考えているところへ、夜遅くなって、美沙子が帰ってきた。どこへ行っていたのか——と、広一が問うと、

「気晴らしよ。街へ出て、映画を観たり、買いものをしたり、食事をしたりしていたの——」

美沙子はそう言った。

服装を見れば、いつもの家にいる服装ではなく、やや流行遅れながら、街などに外出する時に時おり身につけているワンピースを着ていた。

化粧もしている。

街へ出ていたというのは、嘘ではないのだろう。ひと
だまって出て行ったのは申しわけなかった。ひと言言って行くか、街から電話をすればよかったと、美沙子は言った。

しかし――

「でも、その時、わたしは、母が嘘をついているのではと――」

「嘘を？」

「つまり、その――」

広一は、言いにくそうに口ごもった。

「美沙子さんが、街で男性に会っていたのかもしれないと考えたということですか」

乱蔵が、広一にかわって、それを口にした。

「ええ」

美沙子は、まだ五十五歳である。

男の知り合いも、同級生も、一吉にはたくさん住んでいる。年齢よりも若く見えるし、やや肉付きはよくなっているものの、ボディラインも、とても五十五歳で二〇代の息子がいるようには見えない。

男の知り合いから声がかかって、街まで出かけて一日を過ごしてくるというのも、ない話ではない。

もし、そういう話なら、息子や嫁には言い辛《づら》い。

何も言わずに出て行った理由を考えると、そういうことしか思いつかない。また、それが一番しっくりするような気がした。

死んだ順一郎のことを考えて、おかしなことを口走るよりも、つきあう男ができて時おり外出する美沙子の方が広一にとってもありがたかった。

ただ、美沙子は、奇妙なことを言った。

「もう、だいじょうぶよ。あとはみんなやってくれるから――」

もうだいじょうぶ――

それだけなら、意味はわかるし、気にもとめないところなのだが、
あとはみんなやってくれるから――

それが、広一には少しひっかかった。

だが、それはどういう意味なのかと追及するほどでもない。

そのままになった。

「それが、いつのことですか——」

乱蔵は訊いた。

「八月の終り頃ですから、まだ一カ月は経っていません」

「二本脚で歩く犬を見たというのは、その後のことですね」

「はい」

「それは、いつですか」

「十日前の晩のことです」

広一は、怯えたように声を小さくし、あたりを見回してから、その話を始めたのであった。

15

悲鳴を聴いた。

聴いた瞬間は、すぐにそれが悲鳴とはわからなかった。

坂田広一も、妻の晴美も眠っていたからである。

その悲鳴は、数秒間続いた。

布団の中で、ふたりはほぼ同時に眼を覚まし、まだ聴こえていたそれが悲鳴とわかったのである。

内臓を吐き出すような、おぞましい悲鳴であった。

しかも、その悲鳴は、同じ家の中から届いてきたのである。

床の下から、その悲鳴は聴こえた。

ふたりが寝ているのは、母屋の二階であった。

ちょうど、下が、母の美沙子の部屋であった。

悲鳴は、美沙子のものであった。

広一と晴美は飛び起きた。

階下へ走り下りて、母親の部屋の襖《ふすま》を開けた。

そこで、広一は一生忘れそうにない不気味な光景を眼にしたのである。

仰向けになって眠っている美沙子の枕元に、それは、二本脚で立っていた。

二本脚で立っていると言っても、それは、人ではなかった。

人よりは、獣に近い。

犬か⁉

一瞬、広一はそう思った。

全身が獣毛で覆われており、犬のような耳があった。しかし、それは、犬ではない。広一が知っているどのような獣でもなかった。それは、二本脚で立っていたからである。

人のように。

獣が、二本脚で立ったりするケースはよくある。

熊も二本脚で立つ。

猿もそうだ。

犬も二本脚で立つ。

しかし、それは、人のようにではない。

あくまでも、熊は、熊のように立つ。

猿は、猿のように立つ。

犬は、犬のように立つ。

それは、肉体の構造が、そのようにできているからだ。

人ならば、膝が伸び、背骨が伸び、その伸びた背骨の上にバランスよく頭部が載って、両腕は前にではなく、体側にだらりと垂れていなくてはならない。

その獣のように見えるものは、まさしくそのように——人のように立っていたのであった。立って、美沙子を見下ろしていた。

しかし、人ではなかった。

人には、全身に獣毛は生えてないし、尾もない。

耳だって、あんな犬のような耳はしていない。

四《よ》つん這《ば》いになったら、本当にそれは犬のように見えたことであろう。

ただ、その顎が——鼻が前に突き出ていないことをのぞけば。

その顔は、犬にしては、前に鼻が突き出してはおらず、人にしては前に突き出ている。

それもこれも、あとから、その時に見た映像を頭の中で思い出しながら確認したことだ。細かいところでは違っているかもしれない。

最初に見た時の印象は、

〝二本脚で立つ犬〟

であり、

〝化物〟

であった。

それは、開いた窓を背にして立っていた。

畳の上に。

背に、月光を受けていた。

細部こそよく見えなかったが、点けた居間の灯りが母の部屋まで届いており、人とは違った――また犬とも違ったその顔つきは見てとれた。

強《し》いて言うなら、人犬だ。

人と犬との混種――

だが、そんなものがあるわけはない。

背、首筋の毛が逆立っていた。

悲鳴は出なかった。

口を開いたが、声は出てこなかった。

かわりに、後ろにいた晴美が高い悲鳴をあげた。

その時、はじめて、それが動いた。

いや、動いたのは、眼だけであった。

ふたつの眼が動いて、広一と晴美の方を見た。

緑色に光る双眸《そうぼう》が、広一の眼を見た。

そいつは、唇の左側を持ちあげてみせた。

黄色い、牙が見えた。

広一には、それが笑ったように見えた。

それは、その笑みのように見えるものを口元に見せたまま、ゆっくりと後方にむきなおった。

窓まで、一歩、二歩、三歩、人のように歩いて、窓枠に手をかけ、ひょいと外へ跳び出していた。

窓にかけた手が、人のそれであったか、犬のそれであったか、広一に記憶はない。

広一が、まず、駆け寄ったのは、母の枕元であった。

膝をつき、母に声をかけた。

気を失っているのか、眠っているのか、声をかけても、肩を揺らしても、美沙子は目覚めなかった。

美沙子は、寝息をたてていた。

16

翌日——

美沙子は、いつものように眼を覚ました。

広一は、さっそく、昨夜のことを覚えているかと美沙子に訊ねた。

「何のこと?」

美沙子は、昨夜のことを何も覚えてはいなかった。

「昨夜、何かあったの?」

逆に訊かれてしまった。

覚えていないのならいないでいい。

あのような奇怪なことを、わざわざ母に言って怯えさせる必要もない。

母親の表情から、まさか、知っていて嘘をついているようにも見えなかった。しかし、確かに悲鳴は耳にしたのだから、母親はあれを、もしくは他の何かを見るか、出合うかしたはずだ。

見て、恐怖のあまり意識を失い、そして昨夜おこったことを忘れてしまったのだと考えるのが、一番筋道が通っている。

だが、あれは、幻覚であったのかもしれない。

悲鳴も、確かに聴いたような気もするが、耳の錯覚であったかもしれない。

それも、辻褄《つじつま》が合う。

それとも、あれは、母の悲鳴ではなかったのか。

あるいは、あれはやはり母の悲鳴で、母は何も覚えてないと言ってはいるが、それは嘘ということも考えられる。

これもまた、筋が通る話だ。

いや、筋が通るもなにも、あのような犬とも人ともつかないものがこの世にいるということがそもそも筋が通っていないのではないか。

あれこれ考えても始まらない。

とにかく、母親が何も覚えていないというのであれば、そういうことにしておくのが一番いいような気がした。

何事もなく、数日が過ぎた。

あれが、あれだけで終ってしまうのなら、それはそれでいい。

広一は、そう思うようになった。

そして、三日前の晩——

また、広一は、夜半に眼を覚ました。

声が聴こえたのである。

女の声だ。

それは、眠っている背中から——つまり階下から聴こえた。

悲鳴ではなかった。

悲鳴に似ていなくもないが、それは悲鳴ではない。

では何か。

思わず広一は、耳を澄ました。

高い声。

我を忘れて——ということでは悲鳴と似ているが、それは、恐怖のために唇から洩《も》れる声ではなかった。

広一は、どういう時に、女がそのような声をあげるか知っていた。

肉がとろけてゆきそうな喜悦の声。

広一は、掛けていた夏掛けの布団をめくり、ゆっくりと上半身を起こした。

横の布団では、晴美が寝息をたてている。

広一は、晴美の肩に手をあてて起こそうとしたが、それをやめた。

ひとりで起きあがり、晴美をそこに残したまま部屋を出、足音をしのばせて階段を下りた。

一階へ下りると、女の声が大きくなった。

これが、自分の母親の声か⁉

広一の脳と肉体を、異様な興奮が包んでいた。

女が、男と抱き合いながら、肉の悦《よろこ》びに我を忘れている。
獣じみた声であった。
しかも、それは、自分の母親の声だ。
相手は、誰か。
父——つまり母の夫である順一郎でないことは確かであった。
では、相手は？
広一の脳裏に、一番思い描きたくない絵が浮かんだ。
その絵を、広一は必死で意識の外へ追い出した。
そんな馬鹿なことが。
階下へ下りてから、広一は迷った。
階下へ下りて、いったい自分は何をしようとしているのか。
何を。
それは、決まっている。
母親の情事を、盗み見ようとしているのだ。
そんなことが、許されるのか。
広一は自問した。
許されるも何も、明らかに今、自分はそれをやろうとしているのだ。
歯が、小さく鳴るのを、歯を喰いしばってとめた。
美沙子の部屋の方へ歩いてゆく。
心臓が、顳顬《こめかみ》で激しく音をたてていた。
襖の前まで来て、しゃがんだ。
身を低くして、四つん這いになった。
灯りは点けなかった。
口の中が乾いていた。
床に顎が触れるほど頭を下げた。
まだ、声は聴こえていた。
祈った。
どうか、相手が人間であってくれと。
一吉の街で、内緒で会っていた男が、美沙子の相手であって欲しいと。
あれでなければ。
あいつでなければ。

指を襖にかけた。

右手の人差し指だ。

そろそろと、力をこめる。

爪の先で、引っ掛けるようにして——

一ミリでいい。

ほんの一ミリ。

開いた。

一ミリ半ほどだ。

その、一ミリ半の透き間から、いよいよ高くなった女の悦びの声が洩れてくる。

眼をあてて、覗いた。

ふたつの顔が、こちらを見ていた。

ひとつは、母の美沙子の顔であった。

その、苦痛に歪《ゆが》んだような顔が、広一を見ていた。

その上に、あの顔があった。

犬？

人？

獣？

あの異様な顔が、美沙子の顔の上から、やはりこちらを見ていたのである。

左横から洩れてくる月光の中で、そのふたつの顔が見えた。

美沙子が、畳の上に四つん這いになって、顔をこちらに向けていた。

そして、黒い獣毛に覆われたあいつが、背後から、獣の姿勢で美沙子を犯していたのである。

背後から、尻を獣に喰われているような顔。苦痛を訴えるようなその顔。しかし、それが、苦痛の表情でないことを、広一は知っていた。

あまりにも凄《すさ》まじい快美感に襲われると、人は、そういう顔をする。

そいつの唇の端が、上に吊りあがった。

確かに、そいつは嗤《わら》った。

燐光のように光る緑色の眼が、広一を見ていた。

ああ——

知っているのだ。

あいつは、自分が今ここから見ているのを知っているのだ。

広一はそう思った。

美沙子は？

眼を開いて、こちらへ顔を向けてはいるが、美沙子はまだ、自分に気づいてはいない。

広一は、立ちあがった。

襖を開け、

「やめろっ！」

叫んで、足を一歩中へ踏み入れた。

いなかった。

部屋の中から、あいつの姿が消えていた。

あいつから眼を離した時間はわずかであった。

一秒もあったかどうか。

襖を開けたら、もう、あいつの姿がなかった。

窓が開いていた。

そこから、月光が差し込んでいた。

その月光の中で、美沙子が、全裸で四つん這いになっていた。

美沙子のふたつの乳首が畳に触れそうになるほど、乳房が重く垂れていた。

白い、肉付きのいい尻が、高く持ちあげられていた。

その尻が、まだ、揺れていた。

「おふくろ！」

声をかけた時、美沙子は、畳の上に横倒しになっていた。

眼を閉じ、鼾《いびき》をかいて、美沙子は眠りに落ちていた。

声をかけても、美沙子は起きなかった。

前回と同じであった。

美沙子が目覚めたのは、翌朝であった。

昨夜のことを訊ねても、美沙子は何も覚えてはいないという。

畳の上に散らかった寝巻を、起きてきた晴美と一緒に眠っている美沙子に着せた。

身体をふたりで抱え、布団の上にもどしても、美沙子は目を覚まさなかった。

そういうことも、あいつのことも、何ひとつ美沙子は覚えていないらしかった。

17

「それで、九十九さんに、その日の昼に連絡をとったのです」

広一は言った。

それが、一昨日《おととい》のことであった。

そして、その翌日——つまり昨日の夜、乱蔵がやってきた時、放火騒ぎとぶつかったのである。

「そういうことでしたか」

乱蔵は、太い息を吐きながらうなずいた。

「それで、今、お母さんは？」

乱蔵は訊いた。

「眠っています」

「眠っている？」

「はい」

「いつからだ？」

「一昨日の夜からです」

「どういうことですか」

「一昨日の夜、いつものように眠って、そしてそのまま、昨日も、そして今日も目を覚まさないのです」

「お母さんは、今、どちらに？」

「二階で、眠っています」

「二階？」

「わたしたちの部屋です」

広一は言った。

それまで、一階で眠っていた母親を二階の自分たちの部屋で寝かせ、自分たちは今一階で眠っているのだと広一は言った。

「母は、どうなってしまったんでしょう」

広一は、乱蔵に訊ねてきた。

「その前に、美沙子さんの様子を見せてもらえるかい——」

乱蔵は言った。

「母の？」

「ああ。何か、さしさわりがあるかい」

「いいえ」

覚悟を決めたように、広一がうなずいた。

「では、これからで、かまわないかい」

「もちろん」

広一は言った。

「では——」

乱蔵は、ゆっくりと立ちあがった。

広一が立ちあがる。

「こちらです」

奥に向かって、広一が歩き出した。

その先に、黒光りする板の階段があった。

美沙子は、布団の中で、仰向けになって眠っていた。

ただ眠っているのでないことは、すぐにわかった。

呼吸が常の人間のものとは違っている。鼾とはまた違った、深いくぐもった獣の唸り声にも似た声——音のようなものが、喉の奥でするのである。

長い髪が、枕の左右にほどけて広がっている。

白い肌をしていた。

しかし、精気がない。

乾いた紙のような白さであった。

美沙子の上に掛けられた布団が、呼吸に合わせ、静かに上下している。

畳の部屋の中央——

頭上には、太い黒い梁が何本も掛かっている。

乱蔵は、美沙子の左側の枕元に膝を突いた。

上から、美沙子を見下ろした。

乱蔵の左肩の上で、白い尖った歯を見せて、シャモンが細い声で鳴いた。

乱蔵の正面が窓だ。

その窓を背にするかたちで、広一と晴美が、美沙子の枕元に座した。ちょうど、美沙子を挟んで、乱蔵とは反対側になるあたりだ。

「失礼」

乱蔵は、美沙子の額に右掌を載せた。

分厚い掌であった。

「美沙子さん……」

低い声で、乱蔵は声をかけた。

返事はない。

広一と晴美は、不安そうに顔を見合わせてから、乱蔵を見やった。

額に右掌を載せたまま、

「美沙子さん」

乱蔵はもう一度声をかけた。

やはり、返事はない。

「言ってた通り、ただの眠り方ではないいな」

乱蔵は、美沙子の額に当てていた右掌をはずし、

「布団をとらせてもらうよ」

掛け布団を上から下へめくっていった。

美沙子は、寝巻を着て、布団の上に仰向けになっていた。

「前を、はだけさせるが、いいかい」

乱蔵が、広一と晴美に向かって言った。

「どうぞ、かまいません」

すでに覚悟を決めていた様子で、広一がうなずいた。

乱蔵は、美沙子の寝巻の腰紐《こしひも》を解《ほど》き、前を開いた。

美沙子は、その下に、何も身につけてはいなかった。

眠っている間、下の世話をするのに、下着があっては作業がしにくいからであろう。

ゆるんではいるが、まだ充分張りの残っている双《ふた》つの乳房がその重さで身体の左右にわだかまっていた。

黒い陰毛も見えている。

乱蔵は、左手を、恥骨のすぐ上にあてた。

ちょうど、子宮の上あたりである。

右掌を臍《へそ》の上に載せる。

乱蔵の左掌と右掌が、美沙子の腹の上を、ゆっくりと動いてゆく。美沙子の腹の中をさぐるような動きであった。

「何か入っている」

乱蔵が言った。

「何か？」

「ああ」

掌を動かしながら、乱蔵は言った。

「これ自体はそれほど、性《たち》の悪いものじゃあない。しかし――」

「しかし？」

「これは、性の悪いものと結びついている」

「と言いますと」

「動物――たとえば、熊などは、自分のテリトリーを示すために樹の幹に爪で傷をつけたり、テリトリー内に排泄《はいせつ》をして自分のものだという証拠を残したりするが、それに近いものと言っていいかもしれない」

「――」

「美沙子さんは、この自分のものであると、そういう意味で、何者かが美沙子さんの体内に残していったものだろう」

「マーキング？」

「まあ、そういったものと考えていいだろうな」

「何者かというのは、わたしが見たあの犬のようなやつのことでしょうか」

「ああ――」

乱蔵は、腹の真ん中に右掌を載せ、その右掌の上に左掌を載せた。

「吩《フン》！」

小さく呼気を吐き、息を止めた。

気を凝らしている。

乱蔵の右掌から、乱蔵の体内にあった何かが、美沙子の体内に注ぎ込まれてゆくようにも見えた。

乱蔵の放つ気が、美沙子の体内に溜《た》まり、満ち、そして溢《あふ》れ出してゆく。

「出てくるぜ」

乱蔵が言った。

乱蔵の肩の上で、シャモンが鋭い声で鳴きあげた。

美沙子の全身に、ぷつり、ぷつりと、針で突いたような小さな点が現われた。

ひとつ、ふたつではない。

一〇、二〇、三〇——

見ている間にも、それは数を増やしてゆき、百以上になった。

その点が、膨《ふく》らんでくる。

はじめ、それは、血かと思われた。

針で突かれ、その傷口から血が小さな玉となって膨らんでくる——そのように見えた。

しかし、それは血ではなかった。

その色は、赤ではなく、黒であった。

しかもそれは、膨らんでくるにつれ、長くなっていったのである。血の玉が膨らんで、身体の曲線に沿って流れ出すというのとは違う。

たとえば、乳房の表面に膨らんだそれが、曲面の上方に向かって、這うようにのびていったからである。

液体ではなかった。

それは、たとえていうなら、蛭《ひる》のようなものであった。

その光景は、黒い蛭が、美沙子の体内から無数に這い出てくるようにも見えた。

広一は、声を喉につまらせた。

声を出そうとしたのだが、それが出てこなかったらしい。

晴美は、上体を反らせるようにして、後方に身体を逃がそうとしている。しかし、視線だけは、美沙子の身体から現われてくるものに釘付けになっている。

さらに蛭は長くなり、太さを増した。

それが、美沙子の肌を這う。

本当にそれは蛭のように見えたのだが、しかし、それは蛭ではなかった。

それがわかったのは、太くなり、長くなったその蛭のようなものが、合体しはじめたからである。

蛭のようなものは、互いにのび、這っているうちに、それぞれの身体が触れ合うのである。

触れ合うと、そこで蛭のようなものは一本に合流して、さらに太い一本となった。

その蛭は、美沙子の腹に当てた乱蔵の掌の上も這った。

針の太さから、楊枝《ようじ》の太さになり、それが割り箸《ばし》の太さになり、今は、指の太さになっている。

NIiiiiiii!!

乱蔵の肩の上で、シャモンが鋭い声で鳴きあげた。

赤い舌が見えた。

「いいぞ」

乱蔵が言った時、待ちかねたように、シャモンが肩の上から跳び下りていた。

シャモンが、美沙子の裸体の上に駆け登った。

そして、なんと、シャモンは美沙子の肌の上を這う黒い蛭を食べはじめたのである。

見ているうちに、シャモンは蛭を口に咥《くわ》え、嚙み、それを呑《の》み込んでゆく。

やがて、全ての蛭が、シャモンの腹に消えた。

「これは?」

広一が声をあげた。

「こいつは、霊喰い専門でね。性の悪い気や、今みたいなやつを喰らうんだよ。おれにくっついていると喰いっぱぐれがないんでね。なかなか離れていかないのさ」

乱蔵は言った。

シャモンは、蛭を喰い終えて、赤い舌で、口吻《こうふん》を舐めていた。

シャモンの黒い尾の先が、ふたつに割れて二本になっていた。

シャモンは、猫又である。

常に乱蔵にくっついていて、左肩の上で眠っていることが多い。こういう時には起きて、霊喰いをするが、かといって乱蔵の役に立つことを何かするわけではない。

満足そうな声をあげて、シャモンは乱蔵の肩の上に駆け登った。

「今のは、何なのです?」

広一が訊いた。

「さっき、言わなかったかい――」

「さっき?」

「あんたが見たという、犬が残していったものだよ」

「――」

「本体じゃあねえ。本体の排泄物――というか、本体から放たれた精のようなものだ」

乱蔵は、美沙子を見やり、

「寝息が、かわったな」

そう言った。

「え、ええ」

広一がうなずいた。

確かに、それまでと呼吸が変化していた。

喉に、何かつかえているような、獣じみた音がもうしない。

「今はもう、普通に眠ってる――」

「で、では、もう母は治ったと?」

「今だけだ」

「今だけ?」

「まだ、確証はないが、美沙子さんの様子や、うかがった話から察すると、契約を成立させてしまったようだな」

「契約?」

「昔から、よく言われている契約だ――」

「――」

「たとえば、ある種の存在は、人間の側が許さない限り、人の家に入り込んだり、結界の内部へ入り込んだり、人に憑《とりつ》いたりはできない」

「――」

「人が、何らかのかたちでまねき入れて初めて、そういう存在は、家の中や、結界の中や、人の内部に侵入できる」

「――で、では、あの悪魔との契約とかよく言われている、あれもそうなんですか――」

「そうです」

「願いごとを叶えてやるかわりに、魂をよこせという――」

「ああ。そういった契約を、美沙子さんも犬としたようだな」

「どういう契約でしょう？」

「町へ出て、もどって来られた時、これでもうだいじょうぶだと、みんなやってくれるからと、そう言っていたという話だったが――」

「〝お犬さま〟をやったと？」

「ああ。おそらく、その時、何かとひきかえに、美沙子さんは犬に頼みごとをしたんだろうな――」

「それは？」

「死んだ坂田順一郎氏の復讐《ふくしゅう》を――」

「な――」

「おそらくは――」

「ひ、ひきかえというのは？」

「御自身を」

「い、生命《いのち》ということですか」

「いや。生命ということではないだろう」

「――」

「さっき、美沙子さんの体内から出てきたものは、その契約の徴《しるし》だよ。あれが体内にあるうちは、美沙子さんは逃げられない。どこにいても、犬に居場所はわかってしまうし、おそらく自分の意志で行動することも、犬の意志に反することは無理だろう」

「では、今なら？」

「身を隠すことはできるが、契約が残っているからな――」

「契約？」

「さらに、美沙子さん御自身の意志の問題がある。美沙子さん本人が、考えを変えねば、同じことになってしまうだろう」

「おなじこと？」

「また、犬と契約をしてしまうということだな。それは、我々にはどうにもできない」

「で、では、どうしたらいいのです？」

「ひとまず、契約を成立させないことだな――」

「できるのですか、そんなことが」

「できる」

「どうやって？」

「犬――おそらく山猑《さんき》の類《たぐい》だろうが、やつの邪魔をすれば――」

「山猑、と言いましたか？」

「古代、大陸から人と共にこの日本に渡ってきたものの裔《すえ》だよ。身体は犬のごとく顔は人のごとく――しかし、そのどちらでもないものさ」

そう言われても、もはや、広一には見当もつかない話であった。

これまで眼にしたものや、今、眼にしたものについて思えば、今は、乱蔵の言葉にうなずくより他はない。

「邪魔と言いますと？」

「おそらく、美沙子さんが頼んだのは、さっきも言ったが、順一郎氏の復讐だろう」

「――」

「ねらわれるのは、石山建設の社長、石山史典。岸又組の武藤康宏。国会議員の河本政一――」

「待って下さい。それはつまり、母が、その三人を殺す――いえ、三人に復讐をするよう犬に頼んだということですか」

「充分に考えられることだな」

「母を起こして、確かめましょう」

「今すぐは、起こさない方がいい。一〜二時間もすれば、自然に眼が覚める。訊ねるのは、その時で——」

「しかし——」

「昨夜、犬の群が現われたろう」

「ええ」

川原で、乱蔵が岸又組の連中と闘っている時に、犬の群が現われた。その犬たちが岸又組の連中を襲ったのだ。

「変だと思わなかったかい」

「確かに」

広一はうなずいた。

たまたま、凶暴な野犬の群に出合ってしまう——めったにあることではないが、それはまったくあり得ぬことではない。

だが、その犬の群は、広一も乱蔵も襲わずに、岸又組の人間だけを襲った。

これは、もう偶然とは思えない。

それに、犬の群は、それきり姿を消して、どこに行ってしまったかわからなくなってしまっている。

さらに言うなら、野犬が群を作っているという話など、ずっと耳にしたことがない。もしも、そういった犬の集団がいるとするなら、これまで誰かの眼にとまるであろうし、そうなったら注意するようこのあたり一帯に知らせが来るはずだ。

それもない。

犬の集団は、昨夜、突然に出現して、そのまま消えてしまったことになる。

「あれは、たぶん、このあたりのノラ犬と、飼われていた犬だろう。飼い犬については、たまたま放し飼いになっている犬を、操ったのだと思うけどね」

「操った？」

「群の中に、一頭、妙なやつが混じっていた。その一頭が操ったんだろう」

「その一頭が、お犬さま——」

「山犭軍と考えていいだろう」

乱蔵は言った。

むうぅぅ——と、広一は、腕を組んで唸った。

「町へ、様子を見に行ってくる。夜までには戻る。それまで美沙子さんについていてやってくれ。それが一番いい」

「犬——山犭軍が来たら?」

「結界を作っておこう。やつも、昼は、普通の犬の姿をしているはずだ。もし、犬がやってきても、声をかけたりしてはいけない」

「はい」

「それから、犬——山犭軍と関わりのあるものを結界の中へ運び入れてもいけない」

「関わりのあるもの?」

「山犭軍の毛、血、尿、糞——そして、山犭軍の舐めたもの。そういうものを、他者に運ばせて、結界の内部に入れることもある」

「たとえば?」

「郵便物の中に混ぜたり、人間に運ばせたり——」

「誰が、何を持ってきても、受け取るなということですね」

「ああ」

「わかりました」

「何かあったら、携帯に連絡をもらえるかい——」

のっそりと、乱蔵が立ちあがった。

「では、行ってくる」

広一と晴美が、腰をあげかけると、

「かまわねえよ。勝手にいくから、母親についていてやってくれ」

乱蔵が、ふたりを制した。

乱蔵の巨体が動き出した。

みしり、みしりと、乱蔵の巨軀《きょく》に階段が軋《きし》む。

その音が、階下に下がってゆく。

やがて、ランドクルーザーのエンジンの唸る音が聴こえ、それがゆっくりと遠ざかっていった。

18

岸又組の事務所は、一吉町の中央通りにあった。

熊本と一吉町を結ぶ道路沿いに建っている〝ひとよしビル〟の五階がそうであった。

離れた場所に、乱蔵は、いったん車を停めた。

そのビルの入口付近の様子が、妙であったからだ。

車を停めて、運転席から、乱蔵はその様子をうかがった。

組員とわかる男たちが四人、ビルの入口に立ち、中に入ろうとする者がいれば、ひとりずつ声をかけているのである。その人間が何者であるかチェックをしているようであった。

そのビルに、常に出入りをしている人間であれば、すぐにチェック作業は終了するが、人によっては、ボディチェックまでされている者がいる。

四人の組員も、気が立っているらしいことがわかる。

何かあったようであった。

そのうちに、四人の組員のうちのひとりが、乱蔵のランドクルーザーに気がついた。

しばらく前から停車して、運転席から様子をうかがっているらしい乱蔵が、気になったのであろう。

他の三人に声をかけ、ランドクルーザーを指差した。

皆の視線が、ランドクルーザーに集まった。

四人のうちのふたりが、こちらに向かって歩き出したのを見て、乱蔵は、ランドクルーザーを発進させた。

ふたりがやってくるのを待って、逆にこちらから何があったのか訊ねてもいいのだが、どうせ、まともに答えるはずもない。

ここで面倒を起こすよりも、いい方法を、乱蔵は思いついたのである。

ランドクルーザーが動き出したのを見て、ふたりの男が足を速めた。

車道に降りてきた。

そのふたりの横を、乱蔵はアクセルを踏んで通り過ぎた。

「おい、おまえ」

「何をしてた」

通り過ぎる時に、ふたりの男が声をかけてきたが、乱蔵は、それを無視した。

19

個室であった。

一吉総合病院の、狭い個室。

そのベッドの上で、その男は仰向けになって、天井を睨んでいた。

首と、そして、毛布の上に出した両手に包帯が巻かれていた。

毛布の下に隠れている身体や脚にも、包帯は巻かれている。

犬に噛まれた傷であった。

岸又組の、島津であった。

島津の他に、誰もその部屋にはいなかった。

島津は、ほとんどまばたきをしなかった。

何を考えているのか、昏《くら》い眼で、ただ天井を睨んでいた。

その時——

ドアのノブの回転する、小さな金属音が響いた。

ドアの開く音がした。

「タケシか——」

天井を睨んだまま、島津が言った。

言った途端に、島津には、ドアを開いた者が、自分の世話をしているタケシではないことがすぐにわかった。

ゆっくりと部屋に入ってきたその人間の、肉の気配が違っていた。

圧倒的な肉の厚み。

圧倒的な量感。

その肉が入ってきた途端に、空気の質までが変化してしまったような熱気。

その量感の方へ、島津は顔を向けた。

そこに、知っている男が立っていた。

昨夜、初めて会った男だった。

まだ、一度しか会っていない。

だが、たった一度であろうと、決して忘れることなどあるはずのない男。

左肩に、黒い猫を載せた男。

九十九乱蔵がそこに立っていた。

「よう」

乱蔵は言った。

太い唇をめくりあげ、白い歯を見せて微笑した。

たまらなくいい笑顔であった。

「見舞いに来たぜ」

20

「あんたか」

島津は、声を固くして言った。

乱蔵が、ベッドの脇まで歩いてきて立ち止まった。

島津の視線が、素速く周囲に動く。

サイドテーブルの上の、果実と果物ナイフ。

ガラスの灰皿。

島津のベッドサイドには、テレビが置かれていて、画面では、ワイドショーのアナウンサーがニュース原稿を読んでいる。そのテレビが載っている台の上には、花の活けられた花瓶がある。

そういった武器になりそうなものの位置を、島津が眼で確認したのである。

乱蔵は、包帯姿の島津を見やり、

「えらい目にあったなあ……」

太い唇に、笑みを浮かべた。

思わず、ひき込まれそうになる笑みであった。

「ぶっそうな話をしにきたんじゃないぜ……」

乱蔵は言った。

「どうせ、枕の下に、何か隠してあるんだろう?」

「何の用だ」

島津は言った。

「さっき、事務所の方に顔を出したんだよ。武藤康宏に会いたくてね」

「組長《おやじ》に?」

「だけど、取り込み中のようでね、みんなぴりぴりしてる」

「――」

「声もかけられずに、事務所の前を通り過ぎただけだったよ」

「――」

「強引に押しかけてもよかったんだが、トラブルになりそうだったんでね、遠慮したんだ。岸又組だって、揉《も》めごとは避けたいだろうと思ってね」

「いい心がけだ」

「でね、いいことを思いついたのさ」

「何だ」

「あんたに話を聴くことにしたんだよ」

「話?」

「何かあったのかい」

乱蔵は、島津の顔を覗《のぞ》き込むようにして訊ねた。

「どういう意味だ」

「だからさ、事務所の前を通る人間にまで嚙みつきそうな顔をして、組員が警戒してるのは、何故かってことさ――」

「――」

「何かあったんだろう?」

「聞いてどうする?」

「力になってやれることがあるだろうと思ってね」

「力?」

「たよりになるぜ」

「いらんおせっかいだ」

「やっぱり何かあったってことだ」

「――」

「武藤さんが、何か、妙なものにねらわれてるとか、襲われたとか――」

乱蔵がそこまで言った時、島津の視線がテレビに動いて、そこで止まった。

凄い眼で画面を睨んでいた。

画面に、ひとりの男の顔写真が映っていた。

衆議院議員　河本政一　六〇歳――

写真の下に、文字でそう紹介されていた。

ワイドショーのアナウンサーが、ニュース原稿を読みあげていた。

それを聴いている島津の顔が、こわばっている。

国会議員の、河本政一が死んだというニュースであった。

河本が、三日前の夜、車で帰宅した時、自宅前で犬に襲われて嚙みつかれたのだという。

嚙みつかれたのは、左のふくらはぎであった。

そこの肉を、ごっそりと嚙み取られた。

車の運転手や警護の者が騒いだため、犬は逃げたが、襲ってくる犬から身を守るために使った左手も、指を何本か嚙み取られていた。

それで、熊本市内の病院に入院していたのだが、そこの病室で、今朝、ベッドの上で死んでいる河本が発見されたのだという。

犬か、動物か、何かに喉の肉を嚙みちぎられたものらしい。

ベッドの上は、夥《おびただ》しい血で染まり、嚙み取られた肉はどこにも見つからなかったことから、喰われたのではないかという意見もあることを、そのワイドショーの司会者は語っていた。

しかし、犬にしろ、他の動物にしろ、そこは病院の三階である。

いったいどうやって、その動物は河本の病室まで入ったのか。

そういうことを、コメンテーターたちがコメントしていた。

「知らなかったなあ」

乱蔵は、島津の様子をうかがいながら言った。

「あんた、何を知ってる?」

島津が訊いた。

「知らなかったって、今言ったろう」

「なに?」

「だから、訊きにきたんだよ」

「――」

「石山史典はどうなんだい?」

乱蔵は訊いた。

島津は答えない。

「石山さんも、犬に襲われたんだってなあ」

乱蔵が言うと、島津の顔色が変わった。

「きさま、何故、それを知っている」

「知らなかったよ」

とぼけた声であった。

「知らない?」

「カマをかけたんだ。そんなことだろうと思ってね」

乱蔵は、平然とした顔で言った。

島津が、乱蔵を見つめている。

「あんたが、何を知っていて、何をたくらんでいるにしてもだ、おれが、組長《おやじ》のいないところで、べらべら勝手にしゃべるわけにゃいかないんだよ」

「そりゃ、そうだ」

「おれが、組長《おやじ》に電話を入れる。話はそれからだ」

「わかった」

島津は、サイドテーブルの上に載っていた携帯に手を伸ばした。

三分後――

携帯のスイッチを切って、島津は乱蔵を見た。

「組長《おやじ》が、あんたに会うそうだ」

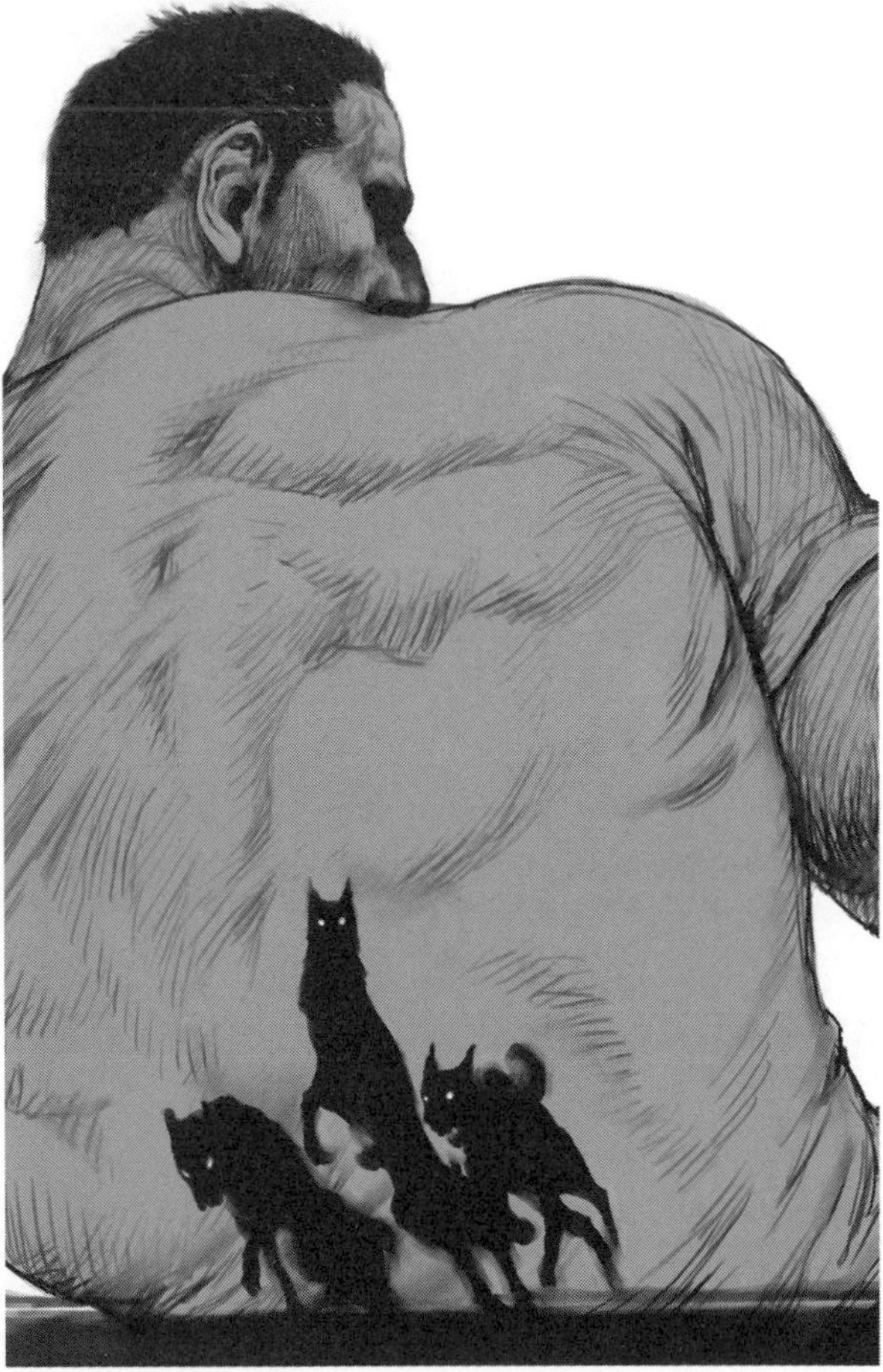

21

石山建設の、石山史典が犬に襲われたのは、十日前の夜であった。

熊本市内のクラブで深夜まで飲み、帰宅しようと外に出て、車に乗り込もうとした時に、犬が襲ってきたのである。

犬は、全部で三頭。

それまで、どこに隠れていたのか、石山が店の外に出ると、どこからともなく三頭の犬が姿を現わした。

その三頭が、石山に近づいてきた。

見送りに出た店の者も、秘書の森岡という男も、妙だなと思った。

近ごろでは、犬を放し飼いにする者は、めったにいない。

特に、街の中では、まずいないといっていい。

それが、三頭。

奇妙なことに、それぞれ別の場所から姿を現わした三頭の犬は、そろって、石山の方に向かって歩いてきた。

後から思えば、三頭は、おのおの別の場所に潜んで、石山が店から出てくるのを待っていたとしか考えられない。

しかも、犬たちは、はじめから石山に襲いかかろうとしたのではない。最初は、馴《な》れ馴れしく、尾を振りながら、近づいてきたのだという。

ほんの二メートル手前までやってきてから、いきなり、三頭の犬は石山に跳びかかってきたのである。

手首の肉を嚙みちぎられ、太股の肉を、ズボンの生地ごと嚙み裂かれた。

もう一頭は、腹に嚙みついた。

地面に倒れたところへ、一頭が喉をねらってきた。

喉は必死で守ったが、頰肉を嚙み切られていた。

人が駆けつけてきて、犬は逃げたが、石山は重傷で入院しているという。

その一週間後に、河本が犬に襲われ、昨夜は昨夜で、坂田広一の家に火を点けに行った岸又組の人間が犬の群に襲われて、ふたりが死に、三人が重傷を負った。

そこで、ようやく、岸又組の武藤は、これが偶然のできごとではないかもしれないということに思いあたった。

犬の犠牲になったのは、いずれも、ダム工事を推進しようとしている代表的な人間たちであった。

岸又組の人間がやられたのは、ダム工事に反対する坂田広一の家に火点けに行った時のことだ。

次は自分かもしれない。

そう考えていたおり——今朝、河本の病院での死を、武藤は電話で知らされたのである。

テレビで、そのニュースが流れる前だ。

それで、岸又組の事務所に、緊張が走ったのである。

22

乱蔵は、革張りのソファーの上に腰を下ろしていた。

両膝の上に両肘《ひじ》を乗せ、両手の指をからめて、その上にいかつい顎を乗せている。

その左肩に、猫又のシャモンが丸くなって眼を閉じていた。

一吉町内にある、武藤の屋敷である。

武藤は、事務所から自分の屋敷へ移動し、そこで乱蔵の話を聴くことにしたのである。

一四五キロ——

その肉体の重みを受けて、ソファーが大きく沈んでいる。

座っているのは、乱蔵と、その前にいる武藤のふたりだけであった。

他に、四人の男が部屋にいるが、いずれも座らずに立っている。

ふたりは、ソファーに腰を下ろしている武藤の左右に。もうふたりは、乱蔵の背後に。

四人とも、スーツの胸のあたりが膨らんでいる。その内側に、拳銃を隠しているのが、それでわかる。

ほんの三分ほど前に、乱蔵は身体検査をされ、この部屋に通された。

ソファーに腰を下ろし、武藤と短い挨拶《あいさつ》を交した。

それきり、まだ、ふたりは話を交していない。

互いに、相手が先に口を開くのを待っているようであった。

先に、焦《じ》れて口を開いたのは、武藤であった。

「九十九くんといったかな――」

武藤は、小さな丸い眼で、乱蔵を見ながら言った。

歳は、五〇代の半ばくらいに見える。

頭がきれいに禿《は》げあがっていて、左右の耳の周囲に、髪がわずかに残っている程度である。

神社の左右に置かれている、狛犬《こまいぬ》を思わせる風貌であった。

「きみが、わたしに用事があると言ったのだ。きみから話しなさい」

「わかった」

乱蔵はうなずいた。

乱蔵は、手の上から顎をはずし、

「武藤さん、あんた、犬にねらわれてるんだって?」

そう言った。

「犬に?」

「ああ」

「誰が、そんなことを言ったんだ」

「誰も言っちゃあいないよ。しかし、おれにはわかる」

「何がわかるんだ」

「最初が、石山建設の石山史典。次が国会議員の河本政一。次は、昨夜、おたくの組員が襲われた。朝方には、病院で河本がまた襲われて死んだ――」

「──」

「組員と合わせて、もう、三人が死んでいる──」

「四人だ」

武藤は言った。

「四人？」

「しばらく前に、石山が病院で死んだと連絡があった」

「犬が襲ったのか？」

「いいや。十日前にやられた分だ。内臓まで嚙み裂かれていて、時間の問題だった。よく十日もったもんだと思ってる」

武藤は、乱蔵を見た。

「で、あんたは、次が自分だと思っている」

「──」

「みんな、ダムの工事を進めようとしていた連中だな」

「──」

「恨まれるようなことを、いろいろとやったんだろう？」

「何が言いたいんだ、あんた」

武藤の声が、大きくなった。

「あちこちで、ダム反対派の人間が、ひどい目にあっている。車が突然燃え出したり、家が火事になったり、崖から車ごと落ちて死んだり──」

「わたしに、何を言わせたいのだね。わたしが何か言ったら、それで警察にでもたれ込もうっていうのかい」

「いいや」

「誰かが、ダムのことで、わたしたちを逆恨みして、犬をけしかけているとでも？」

「覚えがあるのかい」

「坂田の倅《せがれ》か。やはりあいつか。あいつが犬をけしかけて、人殺しをしてるんだな」

「武藤さん。おれを雇ったのは、今あんたが言った坂田広一だよ」

「あんたも仲間か」

「違うよ。おれがやっている仕事は、誰かの悪事を暴いて、警察にたれ込むことじゃないし、それをネタにして金をゆすることでもない――」

「なに!?」

「おれの仕事は、今、あんたが直面しているような件におさまりをつけることだよ」

「――」

「あんたから、金をとらないで、あんたを、あの犬から守ってやろうっていうんだよ」

「おまえさんの言ってることは、よく意味がわからんね。犬のことで心配してくれるのはありがたいが、この家は、高さ二メートルの塀で囲まれている。どんな犬だって入って来られない。入ってきたって、わたしは用心している。石山や河本とは違うんだ」

　武藤は言った。

　乱蔵は、微笑した。

「あんたは、今、犬って言ったがね。あれは、本当は犬じゃない」

「なんだって!?」

「おれも、面倒だから、あれを犬と呼んだが、実はあれは犬じゃない」

「――」

「あれは、犬を操って、それで人を襲わせたりするが、あれ自身は犬じゃない」

「な――」

「だいたい、どうやって、犬が病院の三階まで上って、病人を襲うことができるっていうんだい。あれが、犬じゃないからできるのさ――」

「わたしを脅してるのかね」

「ただの犬だったら、二メートルある塀を越えることは、なかなかできないだろう。しかし、あれなら、それができるんだ」

「では、きみは何だというのだね」

「妖物の類《たぐい》だよ。人間よりずっと古くから存在している」

「なに!?」

「あんたが、信じたって信じなくたっていい。そういう妖物退治をするのが、おれの仕事なんだ」

「坂田の倅が、あんたを雇ったって言ってたな」

「ああ」

「あっちでも、何かあったのか」

「いろいろとね」

「何があった?」

「細かいことは言えないね」

「まさか、本当は、坂田があれを――」

「ほら、あんたは、すぐそういう考え方をする。坂田広一がやらせてたとしたらどうするつもりだ。組の者にでも坂田広一を襲わせるのか――」

「む――」

「この件では、坂田広一も、あれの被害者なんだ。あんたと立場は同じだ――」

「で、きみはどうしたいというんだ」

「ここで、あれを待つ」

「待つ?」

「言ったろう。あれは、あのくらいの塀など、簡単に越えて侵入してくる」

「――」

「来たら、あれを捕えるか、追い返すか、なんとかするさ」

「殺すということか」

「あれは、存在物ではあるが、おれたちが普通に使っている意味での生命ではない。そういう意味で、殺すということはできない――」

「――」

「あれは、人とか、他の動物とか、他の生命に寄りかかって生きているものだ。めったにこの世にあるものじゃない」

「殺せないのか」

「まあ、いろいろ手はあるけどね」

「あるけど、何なのだ」

「たとえば、野生の虎が、十人、人を嚙み殺したとしてだ、その虎が、この地上で最後の一頭だとしたらどうする」

「最後の――」

「虎を殺すかい」

「――」

「虎に、もともと、人が使うような意味での悪意はない。たとえ、虎が、百人の人間を喰ったとしてもね」

「――」

「おれは、その虎を殺したくないね。おれが今言っているのはそういうことだよ」

「そういう話はいい。わたしには興味がない。わたしが今興味があるのは、きみが、今口にしたことが、本当かどうか。そして、きみが、きみ自身が口にしたようなことができるかどうかだよ――」

「さて――」

「妖物でも何でもいい。わたしは、河本や石山を襲ったのは犬だと思ってるが、そうではないということを、今、わたしに証明できるかね」

「やってみせてもいい」

乱蔵は、言った。

「やってみせる？」

「ああ」

「妖物の存在を見せてくれるというのかね」

「そういうことだ」

「ほう、それはぜひ、やってみせてもらいたいものだな」

「わかった」

のっそりと、乱蔵は立ちあがった。

それだけで、その部屋が急に狭くなったように見える。

乱蔵は、睥睨《へいげい》するように周囲を見回し、

「あんたで試してもいいが、別の人間がいいだろうな」

乱蔵は、部屋にいた四人の男を交互に見やって、

「あんたがいい」

ひとりの男に視線を止めた。

その男が、口を開きかけるのを遮って、

「五木、言われたようにしろ」

武藤が言った。

「こっちへ——」

乱蔵は、その男を部屋の中央へ呼んで、自分はその前に立った。

「動くなよ」

乱蔵はそう言って、男の腹に右掌を当て、

「むん」

気を送り込んだ。

五秒、
十秒、
三十秒。

一分ほど同じことをしてから、乱蔵は男の背後にまわり、後方から両腕を回して男の腰を抱くような姿勢をとった。

「むうう」

乱蔵が、低く声をあげる。


乱蔵の両腕が、男の身体をしごきあげるように上へ向かって動いてゆく。

乱蔵の両腕が、男の両脇で止まった。

次に、乱蔵は、男の左側に立って、左手を男の喉にあて、右手を男の後頭部にあてた。

「吩《フン》!」

乱蔵が、鋭い声を放った。

と——

「おう……」

武藤が声をあげた。

男の顔が、変化していた。

眼尻が吊りあがり、眼球が前にせり出してきた。

頬の筋肉が、もこりもこりと動き、唇の両端が持ちあがる。

異形の顔になった。

次に、ぞっとするような光景を、その時、部屋にいる男たちは見ることになった。

男の顔から、

もぞり、

と、大人の手の平ほどもある巨大な蜘蛛《くも》が這《は》い出てきたのである。

いや、それは、厳密には蜘蛛ではなかった。

蜘蛛よりも脚の数が多い。

黒い、毛むくじゃらの脚をもそもそと動かして、その蜘蛛に似たものが、男の顔から肩に向かって這い降りてゆく。

「シイイイイイッ！」

乱蔵の左肩にいたシャモンが、眼を開いていた。

金緑色の眼が、男の肩を這う蜘蛛を見つめている。

シャモンの尾が立ち、その先がふたつに割れていた。

「シャッ！」

シャモンは、その蜘蛛に飛びかかり、それを咥えて床の上に降り立った。

そこで、シャモンは、悠々とその蜘蛛のようなものを喰べはじめた。

「今のがそうだ」

乱蔵は言った。

男は、何が起こったのかわからず、きょとんとした顔をしている。

それでも、シャモンが食べている気味の悪いものは見えているらしい。

「あれは？」

「あんたに、憑いていたものさ」

「おれに？」

「みんな、人ならば、こういうものはひとつふたつ身体の中に飼っているのさ。あんたのが一番大きそうだったんでな、落としてやったんだよ。こいつは可愛いもんだが、武藤さん、あんたをねらってるのは、こんな可愛いもんじゃないぜ――」

乱蔵は言った。

23

乱蔵は、ソファーに身体を沈め、太い両腕の肘を、膝の上に立てている。

両手を組み、その上にごつい顎を乗せ、乱蔵は、太い静かな呼吸を繰り返していた。

シャモンは、乱蔵の左肩の上で、丸くなって眠っている。

テーブルを挟んで、すぐ向こうでは、武藤が落ちつきのない表情で、ソファーに腰を下ろしている。

ほとんど一分ごとに、武藤は腰を動かしたり、背もたれに背を預けたり離したりしている。

すでに、夜になっていた。

坂田の家には、もどりが遅くなると、連絡を入れた。

部屋にただひとつある窓の向こうに、闇が見えている。

窓に近く、欅《けやき》の梢《こずえ》が伸びている。

庭にある外灯の灯りが、下からその梢を闇に浮かびあがらせていた。

二階——

その部屋には、乱蔵と武藤の他、四人の男がいる。

他に、十人の組員が階下にいるはずであった。

いずれも、拳銃を身体のどこかに隠し持っている。

壁際に、モニターがある。

全部で、八つ。

屋敷の敷地内に設置された防犯カメラが映し出した映像が、リアルタイムでそこに流れているのである。

そのうちの四つは、塀の外の映像だ。

二メートルある塀の四面を、それぞれのモニターが映し出している。

四面のうち二面は、通りに面しており、あとの二面は、別の家と隣り合わせている。その隣り合わせた面には、路地とも呼べない、人がやっと通れるほどの空間しかない。

　通りも一緒に映っているが、しばらく前からほとんど人が通らなくなっている。

　たまに、ヘッドライトを点けた車が通ってゆくが、三〇分に三台も通るかどうか。

　他の四つのモニターは、塀の内部、庭を映している。

　庭の風景は、建物の壁に設置されたカメラが撮っているのだが、死角がほとんどない。

　樹の陰に隠れることはできようが、建物に触れるためには、必ずどこかのカメラの前を通り過ぎることになる。

「だ、だいじょうぶか……」

　武藤が言った。

　声が怯えている。

「ああ」

　乱蔵は、低い声でうなずいた。

「あんなことで、いいのか――」

　武藤が言う。

　武藤が言った〝あんなこと〟というのは、乱蔵が昼間やったことについて、言っているのである。

　乱蔵は、昼間、結界を張った。

　塀の外ではなく内側――建物の周囲に沿って、結界を作っていったのである。

　建物の、東西南北に、動物の毛――獣毛を埋めた。

「何を埋めてるんだ」

　その時、見ていた武藤は訊ねた。

「狼の毛さ」

　乱蔵は言った。

「狼？」

「アラスカの森林狼の毛だ」

「そんなものを、どうやって手に入れたんだ」

　森林狼――ティンバーウルフは、ワシントン条約によって、国の外へ出せないし、日本にもその毛皮を入れることはできない。

　手に入れるとするなら動物園か、あるいはワシントン条約以前に日本に入った毛皮から、一部を抜いてくるしかない。

「今回は、どうやら、相手が犬の眷属《けんぞく》らしいんでな、あらかじめ手に入れといたんだ。動物園に知り合いがいるんだよ」

「本当か」

「どっちだっていいだろう。本物ならばな」

そう言って、乱蔵は、不思議なステップを踏みながら、獣毛を埋めた場所から場所へ、家の周囲を回った。

時おり、小さく口の中で何かを唱えながら、指先で地面に触れてゆく。

「これでいい」

乱蔵は言った。

「何がいいんだ」

武藤が訊ねた。

「準備ができたってことだよ」

「準備?」

「武藤さん。今夜は、家の中から外へ出ないことだ」

「外へ?」

「建物の外だ。たとえ、それが庭でもな」

「何故だ」

「おれも、守りきれないからな」

「何?」

「他の者もそうだ」

乱蔵は、周囲にいる者たちに向かって言った。

「外へ出ないことだ。生命《いのち》が惜しかったらな――」

そうして、夜をむかえたのである。

乱蔵と武藤は、二階の部屋で向き合っている。

「あれで、本当にいいのか」

「ああ」

武藤は、もう一度、乱蔵に訊いた。

乱蔵は、顎を手に乗せたまま、うなずいた。

「今夜、本当に来るのか?」

「たぶんな」

「たぶん？」

「色々と、手を打っておいた」

「手を？　何のことだ」

「実は、あんたから色々いただいたんだ」

「いただいただと？」

「事務所にいる時、それから、こちらに来てからもな」

「おれは、何もやってないぞ」

「いただいたよ」

「何をだ!?」

「名刺、髪の毛、あんたが鼻をかんだティッシュペーパー……」

「な、なに!?」

「髪の毛は、あんたの背広の肩に載ってたのを、全部で四本――」

「――」

「鼻をかんだティッシュペーパーは、ここと、事務所のゴミ箱から拾わせてもらった。あんたがおれの眼の前で使って捨てたやつだ」

「な……」

「そういうのを、撒《ま》いてきた」

「撒いた？」

「あちこちにな。四本の髪の毛は、二〇本くらいに短くカットして使わせてもらった。名刺も、二〇パーツくらいに小さくちぎって使った――」

「なんのことだ」

「知ってるかい」

「何をだ」

「野生のイノシシを捕える罠《わな》をさ」

「知らん」

「でかい檻を作って、森の中にそれを置くんだ」

「それで？」

「中には、イノシシの好きなバナナやサツマイモをたくさん転がしておく――」

「な……」

「それだけじゃ、不充分なんでね、檻の周囲の森の中に、そのバナナやサツマイモの一部を転がしておくんだよ。イノシシはそれに魅《ひ》かれて、森の中から、サツマイモやバナナを食べながら、近づいてくる。自然にそういう風になるように、食い物を転がしておくのさ」

「――」

「近づいてきたら、檻の中に好きなものがごっそり転がっている。イノシシが檻の中に入ってきて、それを食べはじめると――」

ぽん、
と乱蔵は、顔をあげて、両掌を叩いた。

「檻の入口が閉まってイノシシは捕えられてしまうってわけさ」

「そ、それはつまり、食い物ってのがこのおれか」

「そうだよ」

「その檻ってのが、この――」

「屋敷さ」

乱蔵は言った。

「わざわざ、相手にこのおれの居場所を教えたってことか」

「そういうことになるかな」

「何故、黙ってた」

「言ったら、協力してくれないかもしれないからな」

「――」

「どうするつもりだったんだい?」

乱蔵は訊いた。

「どうする?」

「今夜、ひと晩なら、いいさ。あんたは、無事に明日の朝をむかえることができるかもしれない」

「――」

「明日の晩だって、無事に過ごせるだろう」

「――」

「だが、その次の日はどうする。また、その次の次の日は?」

「む――」

「十日たち、二十日たち、何事もなければ、気がゆるむ。気がゆるんだその時、いきなりあんたの近くにいる犬が、あんたを襲う……」

「――」

「これからの一生、あんたは、この世の中の全ての犬に怯え、注意を払い続けなくちゃいけない。そんなことができるかい」

「むむう」

武藤は、喉の奥で、声を殺した。

「相手は、病院の、三階や四階だろうと、入ってくることができる。ある時、あんたが、部屋の鍵を掛け忘れて眠っている時、いきなり、そいつが喉に嚙みついてくるんだ」

「――」

「今夜、けりをつけとく方がいいだろう?」

「信用していいんだな」

武藤は言った。

「あんたが、おれの言ったことを守ってくれるんならな」

「何を守ればいい?」

「何もしないこと。この場所を動かないこと――」

「わ、わかった」

「いいか、おそらく、銃では、完全には奴は倒せない――」

乱蔵は、武藤と、その部屋にいる男たちに向かって言った。

「倒すことができるのは、奴が操っている犬くらいだ。しかし、犬は、日本の、どの街にも、ほとんど無限にいると言っていい――」

「じゃ、どうするんだ」

「奴を倒すしかない」

「しかし、今、あんたは、奴を倒すことはできないと――」

「銃ではな」

「どうするんだ」

「ま、色々と、方法はあるさ」

乱蔵は言った。

「どんな方法だ――」

武藤が言った時、

「む」

乱蔵の視線が、一点に止まった。

その眼が、モニターのひとつを睨んでいる。

「来た……」

乱蔵が言った。

乱蔵の左肩の上で、シャモンが閉じていた眼を開いた。

ぬれぬれと濡れた金緑色の眼が、瞼の下から現われた。

口吻を小さくめくりあげ、白い、鋭く尖《とが》った歯を覗かせた。

「シャーッ」

かっ、
と口を開いた。

赤い舌が、口の中でめくれあがっている。


「な、なんだ!?」

武藤が、乱蔵の睨んでいるモニターの画面を見ながら声をあげた。

それは、正面の、門のある塀を映した映像であった。

門から出る時、右側が西、左側が東になる。

そのカメラは、塀の西側の端――コーナーの上に設置されていた。

塀から、道路側に三〇センチほどはみ出すかたちでカメラが設置されているため、門を含む塀のほぼ全部が、モニターの画面に映っている。

画面の奥が東、手前が西だ。

門上には外灯が点いている。

車が擦れちがうことのできるアスファルト道路が塀に沿って走っており、街灯が幾つか点っている。

それらの灯りで、夜とは思えぬほど鮮明な画像がモニターに映っていた。

暗視カメラだ。

出入りのあった時のため、こういう設備には金をかけているのである。
その画面の奥——
東の方の暗がりから、何かがこちらに向かって近づいてくるのが映っていた。
「犬だ……」
乱蔵は言った。
確かに、それは犬であった。
雑種らしい。
それが、アスファルト道路を、ひたひたと歩きながら近づいてくるのである。
組員のひとりが、ごくりと音をたてて唾《つば》を呑み込んだ。
「おい」
そう言ったのは、あの、五木という組員だった。
「下に知らせてこい」
「わかりました」
そこにいた、一番若そうな組員が、ドアを開き、部屋の外へ出ていった。
ドアが閉まり、組員の足音が遠ざかってゆく。
犬は、余所見《よそみ》もせずに歩いてくる。
やがて、塀の中ほどにある門のところで立ち止まった。
門を見あげている。
塀は、高さ二メートルの煉瓦《れんが》塀。
門は、扉が鉄製であった。
鉄製といっても、格子状のものではない。
木の地の上に、鉄の板を張った頑丈な作りのものだ。
一度や二度、車をぶつけられたくらいではびくともしない門であった。
「も、もう一匹来たぞ……」
組員のひとりが言った。
その男が言った通りだった。
道の東側から、さらにもう一頭の犬が、姿を現わした。

シェパードであった。

「何か引きずっている」

乱蔵が言った。

確かにその通りだった。

シェパードの首のあたりから、太い縄のようなものがぶら下がり、その先が地面に触れているのである。

そのシェパードを繋《つな》いでいた、綱であった。

その綱が、途中で切れているのである。

どうやら、その綱を嚙み切ってきたらしい。

「また来たぞ」

組員が言った。

さらに、暗がりの中から一頭の犬が姿を現わした。

これは、ハスキー犬であった。

見ているうちに、次々と犬の数が増えてゆく。

他のモニターの画面にも、犬は姿を現わしはじめた。

ゴールデンリトリバー。

ダックスフント。

柴犬。

ドーベルマン。

マスチフ。

ブルドッグ。

見ているうちに、犬の数は一〇頭を超え、さらにその数を増やしているようであった。

いずれも、集まってきた犬たちは、門の前で足を止め、そこに並んだ。

奇妙な光景だった。

普通、これだけの犬が集まれば、吠えるか、唸り声をあげる。

犬どうしでケンカを始めたりもする。

犬の中での序列が決まるまで、騒がしい状態が続くはずなのだが、それがない。

やがて、柴犬が歩き出し、塀に跳びついた。

もちろん、その塀を越えることはできない。

「だ、だいじょうぶか!?」

武藤が言った。

乱蔵は、首を左右に振った。

「いずれ、塀を越えてくるだろうな」

乱蔵は言った。

シェパードなどの大型犬は、訓練で、もっと高い塀を越えることだってできるのである。

二頭、三頭と、塀に跳びつく犬が、さらに増えた。

しかし、いずれも、前肢が塀の上部に届かない。

そのうちに、一頭の犬が、奇妙な行動をした。

塀の前までやってきて、二本脚で立ちあがり、前肢二本を、塀面に掛けたのである。

その時——

さっき、部屋を出ていった若い組員がもどってきた。

「みんな、下で同じものを見ています」

若い組員が言った時——

「あっ」

と武藤が声をあげた。


さっき、跳びついても塀を越えられなかった柴犬が、助走をつけて走り、塀に前肢をついたシェパードの背を駆けあがり、塀の上部に前肢をかけ、上に登って塀の内側に姿を消したのである。

同じ光景を下でも見ていたのだろう。

階下から、男たちの低いどよめきの声が、二階まで届いてきた。

次々と、犬たちは、同じやり方をして塀を越えはじめた。

「ち、ちくしょう」

誰かが、呻くように言った。

かちかちという、小さな音が聴こえていた。

武藤が、震えて、歯を触れ合わせていた。

24

庭の闇の中を、点々と光る緑色の眼が移動してくる。

それが、モニターの画面に映っている。

「ど、どうする。どうするんだ」

歯を、かちかちと触れ合わせながら、武藤は言った。

「言ったろう。何もしないことだ」

乱蔵の声は、太く、落ち着いている。

「何もするなだと!?」

武藤の声も膝も震えている。

「そうやって震えてるくらいなら、かまわねえよ」

乱蔵は言った。

「他の者にも徹底させろ。全員、家の中にいて、外へ出るな。もしも、中へ侵入してくる犬がいたら、その時には銃でも何でも使って相手をしてやればいい」

「し、侵入してくるのか?」

「まず、その心配はないだろうよ。犬どもについてはな」

「犬ども……」

「見てればわかる」

乱蔵が、モニターの画面に眼をやったまま言った。

画面には、外灯の明りの中を、犬たちが屋敷に近づいてくる光景が映し出されていた。

先頭は、どうやらシェパードのようであった。

シェパードは、首から太い縄を引きずりながら歩いてきて、ふいに、足を止めていた。

屋敷の建物に近い場所だ。

何かに怯えたように、身を低くし、鼻だけを大気の中に差し込んで、何かの臭いを嗅いでいるようであった。

と——

シェパードの尾が、後肢二本の間にくるりと丸め込まれた。

犬が、怯えた時に見せる姿であった。

シェパードだけではなかった。

一緒にやってきた犬たちの全てが、同じような怯えの姿を見せていた。

窓の外から、初めて、犬の声が聴こえてきた。

怯えの声——

低く唸り、威嚇《いかく》しているような声もあるが、明らかにその声の中には怯えの響きが混じっていた。

犬たちが、後方に退《さ》がってゆく。

他のモニターの画面にも、同様の光景が映っていた。

屋敷に近づいた犬たちが、例外なく怯えて足を止めるのである。

「どうしたんだ!?」

武藤が訊いた。

「おれが張った結界に触れたんだよ」

乱蔵は言った。

「結界?」

「狼の結界さ」

乱蔵は、太い唇に笑みを浮かべながら、画面を眺めている。

「知ってるかい。大昔から、犬は狼の喰い物だったんだよ。犬の天敵は狼さ。猪や熊にはむかっていく犬はいても、狼にむかっていく犬はめったにいないんだよ」

「——」

「犬は、狼の牙から逃れるために、人間とくっついて、そして、生きのびてきた動物なんだ」

「それが、何だというんだ」

「いくら、山犭軍に操られているとはいっても、遺伝子レベルの記憶や性格までは、操ることはできないということだ」

「——」

「もしも、あの結界から無理に中に入り込んで来れば、ただの犬になっちまう。もちろん操られてないただの犬だって、剣呑《けんのん》なやつは剣呑だけどね」

乱蔵は、太い腕を組んで、犬たちが結界の手前で進みあぐねているのを眺めている。

「問題は、次だな」

乱蔵は言った。

「次？」

「山猩がこの後どう出るかということだ」

「どう出るというんだ」

「わからねえよ」

乱蔵は、太い首を左右に振った。

「ただ、もう、塀の中には入り込んでいるだろうよ」

「なに!?」

「おそらく、あの犬たちのどれか一頭に化けて、入り込んだと考えていいだろうな」

「あの中に、いるというのか」

「おそらくな」

「——」

「犬は、山猩にはなれないが、山猩は、犬にもなれるし、犬のように振る舞うことだってできるからな」

「——」

「糞！」

武藤は、吐き捨てた。

「何だって、このおれが、こんな目にあわなきゃならないんだい」

「あんたに火を点けられた家の持ち主だって、殺された坂田順一郎だって、口が利ければ同じことを言うだろうよ」

「九十九さん」

武藤は言った。

「あんた、誤解しているようだから言っとくが、おれは、どこの家にも火を点けちゃいないし、人を殺してもいないんだよ」

「それは、おれに言ったたってしょうがない。警察にでも言うんだな」

「言うさ。おれは何も悪いことはしていないよ。うちの人間の誰かが、仮にそういうことをしていたとしても、おれがやらせたことではないんだよ」

「くどいなあ、武藤さん」

「——」

「そんなことは、おれにも、今、ここを襲おうとしている山犭軍にも関係がないんだよ。おれは、法律の話をしに来てるわけじゃないし、山犭軍だって、法律なんか知っちゃいないだろうよ」

乱蔵が、そこまで言った時、

「ひいっ」

高い声で、組員のひとりが悲鳴をあげた。

「あ、あれ……」

窓の外を指差しながら、怯えた声をあげた。

後方に、二歩、三歩、退がる。

その組員、吉田は、窓から下方を指差していたのではなかった。

その指は、真横——水平に窓に向かって伸びていたのである。

二階の窓——そのガラス窓の向こうに、欅の樹が見えていた。

その高い枝の中に、黒いものがうずくまっているのが見えた。

黒い、影——

「い、犬だ!」

吉田は叫んだ。

乱蔵は、窓の方を見た。

武藤も、そしてその時その場にいた全員が窓の外に眼をやった。

そして、ぎょっとなった。

確かに、それは、犬に見えた。

一頭の、黒い犬が欅の樹に登り、太めの枝の上に座っている——そんな風に見えた。

しかし、それは、犬ではない。

犬ではあり得なかった。

何故《なぜ》なら、犬は樹に登らないし、樹から落ちないように、手で枝を摑んだりしないからだ。

禍々《まがまが》しい光景であった。

それは、右手で、頭上の枝を握り、そして、燃えるような緑色の眼で、部屋の中を眺めていた。

その双眸は、武藤を睨《ね》めつけていた。

黒い、マスチフに似ていた。

しかし、それは、似ているだけだ。

犬ではない。

人でもない。

犬にしては、鼻面が突き出していない。しかし、人にしては顎と鼻が前に出ている。

「わひっ」

武藤は、声をあげて、尻をソファーから浮かせていた。

「あ、あ、あいつ、あいつか……」

声がうわずっていた。

「来たな」

乱蔵もまた、ソファーから、太い筋肉に覆われた腰を浮かせていた。

25

乱蔵は、窓に歩み寄った。
窓から、一メートル手前に立って、山猩を見やった。
緑色に光る双眸が動いて、乱蔵に向けられた。
風で、揺れる梢の中から、その双眸が乱蔵を眺めた。
「シイイ〜〜〜〜〜イ……」
乱蔵の左肩の上で、シャモンが鳴きあげる。
シャモンの尾が立ち、その先が双つに割れていた。
山猩の眸《ひとみ》は、明らかに他の者を見る眸とは別の眸で乱蔵を見つめていた。
〝おまえは、誰だ〟
そういう眸だ。
〝おまえは、何者か。この屋敷の周囲を包むこの妙なものは、おまえがやったのか〟
その時——
ぱあん、
と、銃声があがった。
乱蔵の眼の前のガラスに、穴が空いて、そこから放射状に罅《ひび》が入った。

ぱあん、
ぱあん、
たて続けにもう二発。

合わせて三発の弾丸が、窓ガラスを砕いて、欅の枝に乗っている山猩目がけて宙を疾《はし》った。

少なくとも、その三発のうち、一発は、当った。

山猩の身体が、眼に見えぬ拳で打たれたかのように、びくん、と反応して、梢の中でぐらりと揺れたからである。

「糞ったれが」

武藤だった。

武藤が、乱蔵の横に立って、両手に拳銃を握っていた。

「やめろ、無駄だ」

乱蔵は言った。

「何が無駄だ。当ったじゃねえか」

「当っても無駄だと言っている」

「なに!?」

見れば、もう、何ごともなかったような顔で、山猩が乱蔵と武藤を眺めている。

「生身のように見えるが、あれは、実はおれたちが生身の肉体を持っているというような意味での、生身の身体を持っているわけではない」

「では、何だというのだ」

「手足があって、身体があって、頭があって、眼がある……」

乱蔵は言った。

「心臓もあるだろうよ。胃や、胆嚢《たんのう》や、肝臓だってあるだろうさ。ことによったら脳だってな」

「――」

「しかし、それは、見せかけだ。心臓があったって、それは、こちらの知っているような機能をしているわけではない。やつは、脳で考えてるわけではない」

「なに!?」

「植物は、考えるか」

「――」

「粘菌《ねんきん》は、どこで考える？」

「――」

「脳を撃ったから、心臓に弾丸を当てたから死ぬとかいうものじゃないんだよ。外見にまどわされるな」

「ならば、どうやって、あいつを殺すんだ」

「さっきも言ったろう、殺したりはしないって――」

「殺せるのか」

「殺せないよ。消滅させることはできてもな――」

「何!?」

武藤が言った時、そいつは、窓の向こうで、にやっと嗤うように唇を歪めてみせた。

次の瞬間には、もう、そいつは枝の上にはいなかった。

前のめりに倒れるように枝を離れ、下の庭の暗闇の中に、溶けるようにそいつは消えていた。

「見られたな……」

乱蔵は言った。

「見られた!?」

「顔を。表情を。そして、あんたが、どの窓の部屋にいるのかを」

武藤は、あからさまにいやな顔をした。

「これで、初戦が終ったってえところだな」

「初戦だと!?」

「次の手を考えて、またやってくるだろうよ」

「次の手も何も、考える脳を持ってないんじゃないのか」

乱蔵は、窓際に立って、部屋の中を振り返った。

「言っておく」

乱蔵は言った。

「おれは、結界を作った。しかし、それは完全なものではない。場合によっては、やつらだって、入ることはできる」

「場合？」

「中にいる人間が、外の連中を呼びよせたりした場合だ」

「まさか――」

そう言ったのは、吉田であった。

「どうして、おれたちが、やつらを中に呼んだりするんだ」

「たとえば――」

乱蔵は、吉田に向かって言った。

「外に、あんたのおふくろさんがやってきて、真剣な表情で訴える。中へ入れてちょうだい。ちょっと話をしたいことがあるの――」

「――」

「そう言われたらどうだ」

「こんなところに、おふくろが来たりするもんか」

「おふくろさんじゃなかったらどうする。顔見知りの人間が来て、街の事務所の方がたいへんになってる、連絡に来た――そう言われたら？」

「中へ入れる前に、事務所に電話を入れて確認すればいいだろう」

「とっさの時に、そんなことをやるように頭が回ればいいがな」

乱蔵が言うと、吉田は少し押し黙ってから、

「この件についちゃ、専門家《プロ》はあんただ。あんたの考えに反対するつもりはねえよ」

おとなしく、そう言った。

「今、おれが言ったことは、下の連中にも伝えてくれ」

「わかった」

うなずいてから、

「しかし、どうするんだ。それで、今夜中に決着がつくのかい。向こうを中に入れないだけじゃ、どういう決着にもならないいんじゃないのか」

吉田が訊いてきた。

「考えがあるんだよ」

「どんな考えだ」

横で話を聴いていた武藤が、口を挟《はさ》んできた。

「言えないね」

「何故だ」

「あんたが反対するからだよ、武藤さん」

「何だと?」

「その時が来ればわかる」

「その時?」

「来ればわかるんだよ」

乱蔵は、歩きながら、ソファーにもどってきた。

ソファーに腰を沈め、また、モニターに眼をやった。

モニターの画面の中では、まだ、犬たちがあの怯えた動作を繰り返していた。

「さあ、そろそろ二ラウンドが始まるぜ」

乱蔵がつぶやいた時——

犬たちが、奇妙な動きを始めた。

26

犬たちが、奇妙な動きを始める少し前、

「ところで、武藤さん」

そう言ったのは、乱蔵であった。

「なんだい」

武藤が答える。

「やつが次に何かやってくるまで、多少は時間がある」

「それで」

「少し、話をしないか」

「何の話だ」

「〝お犬さま〟の話だよ」

「な、なんだと!?」

武藤の口調が変化した。

声が大きくなった。

その声に、怯えと怒りが混ざっている。

「知っているようだな」

「――」

「一吉に、奇妙な犬を連れた爺《じい》さんがいるそうだな」

乱蔵が、問うように言った。

しかし、武藤は口を開かない。

「その爺さんを通じて頼みごとをすると、その犬が何でもしてくれるそうじゃないか」

「――」

「今回の件で、ちょっと調べたんだけどね、最近、その爺さんと犬の姿が見えないらしい――」

「それが、どうしたんだ」

「何か、あったのかな」

さぐるように、乱蔵は、武藤を見やった。

武藤は、乱蔵の視線を受けながら、しばらく眼をそらせていたが、

「何故、そんなことを訊く?」

逆に訊ねてきた。

「色々、気になることがあってね」

言った乱蔵の顔を、今度は武藤が覗き込んできた。

「やはり、そうか……」

武藤がつぶやいた。

「やはり?」

「やはり、あいつらが、このことに関係してるんだな」

「あいつらとは?」

「坂田のやつらだよ。それから、あの犬を連れた爺《じじ》いだ」

「ほう」

「坂田の女が、何かしやがったんだな」

「女?」

「坂田順一郎の女房だよ。あの女が……」

武藤は、言いかけた言葉を、最後まで言わなかった。

「女が?」

「どうでもいいことだ。おれは知らん」

お犬さまのことを知ったんだ」

「へえ」

「でね、若い者《もん》に調べさせたんだよ。爺さんと犬がどこにいるかをね。だけどね。それが見つからないのさ。このひと月くらい、誰も爺さんと犬の姿を見ていないんだよ——」

「それで——」

「やっと見つかったんだよ」

「爺さんと犬の居場所が？」

「いいや。一カ月前、最後に爺さんを見たやつが見つかったってえことだよ」

武藤は言った。

27

一吉にも、何人かの浮浪者がいる。

街中や、城址に近い公園のベンチで寝泊まりをする。


「何を知らないんだい」

「あんたに言う筋あいはないよ」

武藤はとぼけた。

「一度言いかけたんだ。全部話してもらいたいね」

「知ってるんだろう」

「何をだい」

「美沙子だったたっけ、あの女が、お犬さまをやってたってことをだよ」

「そのことか」

「やっぱり知ってたな」

「いや、知ってるというわけじゃない。やったんじゃないかと想像はしてたけどね」

「同じだよ」

「武藤さんは、どうしてそのことを知ったんだい」

「そりゃあ、わかるさ。この街で営業してるんだ。若い者《もん》の中にも、お犬さまのことを知ってる人間がいてね。あんまり、犬の事故が続くんで、どうもこれはおかしいと言い出したんだよ。それで、おれも、人によっては、公園の隅にビニールシートでテント状のものを作り、それを家がわりにしていたりする。

昼間は、公園の利用者が使うベンチだが、夜になると、彼等が使用する。彼等なりに縄張りに似たものがあり、どのベンチを誰が使用するかは、だいたい決まっている。

グループを作っているわけではないが、ほとんどが顔見知りであった。仲よく話し込んだりすることはめったにないが、簡単な挨拶はする。

犬の老人も、街の人間の眼から見れば、そういった浮浪者の仲間のひとりである。

しかし、浮浪者仲間から見れば、犬の老人はまた別の存在であった。

浮浪者仲間と、挨拶を交さない。

こちらから声をかければ、短く挨拶が返ってくることはあるが、向こうから挨拶があることはない。

身なりは、いつも同じようなズボンと、くたびれたシャツを着ていたが、適当に洗濯をしているらしく、浮浪者としては、そこそこの格好をしていた。

奇妙であったのは、金はあるらしいということであった。

浮浪者の食事は、夜に、飲食店の厨房《ちゅうぼう》から出される、余りものである。

人によって、行く店が決まっていて、夜、ほどよい時間にそういう店の裏手へ行けば、客の食べ残しが載った紙皿や、ビールが置いてある。

ビールは、客が飲み残したものを、一本のボトルの中に店の者が集めておいてくれるので、ほぼ一本分はある。

冷えてはいないし、炭酸が少し抜けてしまってはいるが、ビールはビールである。

それを、自分のねぐらに持ち帰って食べる。

ゴミは、きちんとゴミ箱に捨て、ビールの空き瓶《ビン》は、店に返しておく。

食料を分けてもらうかわりに、彼等がやるのは、店の前や裏手の掃除である。

建物の陰に、箒《ほうき》やちりとりが置いてあるので、それを使って店の周囲の掃除をする。

暗黙のうちに、店と浮浪者の間には、こういった持ちつ持たれつの関係ができあがっているのである。

ゴミ箱を漁《あさ》るよりはずっといい。

ところが、犬の老人は、そういったことをしないのだ。

腹が減れば、スーパーかコンビニへ出かけていき、弁当やパンを買ってきて、それを食べる。

時おりは、安い食堂へ入って、ラーメンや定食を食べたりする。

浮浪者仲間でも、たまにそういうことをしたりする者もいるが、いつも、ものを買って食べるというわけにはいかない。

しかし、この犬の老人は、ずっとそれを続けているのである。

もちろん、高いものを食べるわけではないし、普通の感覚から言えば質素なものではあるが、毎日現金が出てゆくことになる。

決まった収入があるのでなければ――あるいはまとまった金を持っているのでなければ、なかなかできることではない。

やはり、あの噂は本当なのか。

浮浪者仲間でも、そういう風に考える者が多い。

あの噂――お犬さまのことである。

やはり、あの老人は、「お犬さま」をやって、金をもらっているのだろうと。

その老人が、このところ、元気がなかったという。

岸又組の、若い組員が、浮浪者たちから聞き集めてきた話によると、それは、二月《ふたつき》ほど前からだという。つまり、犬の老人の姿が見えなくなる一カ月ほど前からということだ。

公園で、昼過ぎまで寝ていることが多くなり、起きても、ずっとベンチに腰かけたままでいることがあった。

もの も、あまり食べていないように見える。

二十四時間、誰かが見張っているわけではない。

だから、誰も気づかぬうちに食事をしているのかもしれないが、それにしても、あまり出歩いているようには見えない。

それに、日に日に瘦《や》せていった。

病気になったのか。

「喰うかい、爺さん」

見かねて、たまに声をかけていた人間が、手にいれた喰い物を譲ろうとしても、静かに首を左右に振るか、返事がないかのどちらかであった。

あの、黒い犬だけが、何を食べているのか、いつもと同じ様子で老人の足元に寝そべっている。

老人といつも一緒だ。

だから、老人が食べていなければ、犬も食べてはいないはずなのに、犬は瘦せた様子がない。

五〇代半ばくらいに見える女が、時おり、老人のもとにやってきては、何か話をしているのは、目撃されている。

また、お犬さまか――。

回りの者は、そう思っているので、女のことを老人にたずねたりはしないし、話を立ち聞きしようともしない。

「お犬さま」をやっているのなら、多少の金は入っているはずであった。

食べものが買えぬわけはない。

ただ、老人は、瘦せ続けてゆく。

そういう時に、ひとつの事件があったのだという。

それを、岸又組の組員に語ったのは、佐々木という、浮浪者のひとりであった。

ひと月近く前の夜――

佐々木は便所に入っていた。

公園の便所ではない。

駐車場の便所だ。

一吉城公園は、久麻川に近い場所にあるが、一吉城址そのものは、その公園の横にある岡の上――山の中腹にある。

公園の前から、城址跡まで車で登ってゆける道がついている。

アスファルトの道だ。

その道を行くと、徒歩一〇分ほどで城址に着く。

その城址の手前に、駐車場がある。雑木林を切り開いて作った駐車場である。昼間は、観光客が車を停めることができるようになっているが、夜は閉めてしまうため、駐車はできない。

駐車場の少し先に、何台か車を停めることのできるスペースがあり、そこから一吉の街灯りを見下ろすことができる。

近郊の男女のデートスポットであり、そこに車を停めて、一時ほどそこで過ごしてゆくカップルもいる。

佐々木の趣味は、そこでしばらくの時間を過ごすカップルを覗くことであった。

街で手に入れたビール瓶をぶら下げて、佐々木はそこへ出かけていった。

車は、まだ一台も来ていない。

木陰に潜り込んで、ビールを飲みながら、佐々木は待った。

しかし、なかなか車は来なかった。

ようやく一台がやってきたが、二〇分ほどそこに停まって、すぐに行ってしまった。佐々木が期待したことはおこらなかった。

夜の十一時を過ぎたので、佐々木はあきらめてもどることにした。

その途中、急に大便をしたくなり、駐車場の便所に入ったのである。

大便をすませ、ズボンをあげ終えた時、外に人の気配があった。

声がしたのである。

「ほんとに?」

女の声だった。

「ほんとにしてくれるのね」

その女の声に、誰かが何かを答えているようであったが、何をしゃべっているのかはよくわからなかった。ただ、男の声のような気がした。

その声と気配が近づいてくる。

佐々木は、てっきり、その声の主たちが便所に向かってきているのだと思っていた。

しかし、その声の主たちは便所に入ってこなかった。

便所の脇を通り過ぎ、足音が便所の裏手にまわり込んできた。

佐々木の入った個室は、ちょうど便所の裏手側にある。

そのため、男女がこちら側に回り込んできたことによって、かえって声や気配が鮮明になった。

佐々木は、便所を出るタイミングを失ってしまった。

足が地を踏む音や、草を分ける音がはっきりとわかる。

「ここ？　ここでいいの？」

女の声。

「ああ……」

男の声。

〝ああ〟と言ったあとに、何か言っているのだが、意味がよく聴きとれない。

そうか――。

と佐々木は思った。

このトイレの建物の裏手を、そういう目的のために使おうというわけか。

心臓の音が、佐々木の顳顬《こめかみ》で鳴った。

なるほど。

このふたりは、下から歩いてここまでやってきたのだろう。

もしも、車で来たのなら、わざわざこんな場所まで来ることはない。しばらく前まで佐々木が見張っていた場所に行けばすむ。

しかし、車がなければ、ことにおよべば誰かに見られてしまうことになる。

このトイレの裏手なら、道路からは死角になっている。

わざわざトイレの裏手を選ぶというのも、少し不思議な気がしたが、誰かに覗かれないという点では、あの場所に車を停めてするよりはいい。始めから徒歩でやってきたのなら、案外に手頃な場所かもしれない。

トイレの裏手の一画は、芝生になっていて、そこまで、駐車場のすぐ横から小径《こみち》が続いている。男女がその小径を使わなかったのは、駐車場を斜めに歩いてつっきる方が近いからだろう。

芝生の面積は広くないが、ベンチもひとつ、置いてあったはずだ。

芝生の周囲は樹を切って眺めをよくしてあるから、トイレの裏ということさえのぞけば、悪い場所ではない。

どうすれば、覗くことができるか。

トイレから出てゆき、木陰から覗くか。

しかし、始まる前に出てゆけば、物音がするから、向こうにわかってしまうだろう。ふたりが、車の中にいて、ドアも窓も閉めているのなら、だいじょうぶだが、今動くわけにはいかない。

動くとしたら、始まってからだ。

しかし、この場所から覗くことはできないだろうか。

頭より、少し高い場所に窓がある。

便器の上に乗れば、充分覗くことのできる高さになる。

灯りは、駐車場の入口と、便所の入口にある。

便所の入口の灯りが中まで入り込んでいて、なんとか周囲の状況が見てとれる程度には、個室も明るい。個室の天井をふさぐものがないからだ。個室は、板で囲われているだけである。

音をたてずに、便器の上に乗ることができるかもしれない。

よし。

便器の上に足を掛けた時、ふいに、外から女の悲鳴が聴こえてきた。

不気味な悲鳴だ。

いったい、どういうことがあると、人はあんな声をあげることができるのか。

どきりと、佐々木の心臓が顳顬で音をたてた。

ぞっとした。

思わず、首筋の毛が立ちあがってきそうな悲鳴であった。

男が、女を襲ったのか。

今、外で、見てはならないような犯罪が行なわれようとしているのか、あるいはもうすでに行なわれているのか。

足を便器に掛けたまま、佐々木は息を止めた。

動けない。

「い、いぬ……」

女の声が聴こえた。

犬!?

犬がどうしたのだ。

まさか、野良犬がこのあたりにいて、女を襲ったのか。

そのわりには、犬の唸り声も、男の声も聴こえてこないではないか。

佐々木は、息を殺して同じ姿勢を保っていた。

外で、もし、犯罪が行なわれているのなら、もし見つかったら、自分もあの悲鳴をあげた女と同じ運命をたどることになるのではないか。

もし、女が殺されたのなら、この自分も。

そう思った。

静かだった。

長い間、佐々木は動かずにいた。

しかし——

そのうちに、聴こえてきたものがあった。

女の声だ。

低い声。

そして、高い声。

苦痛に呻くような声。

しかし、そうではなかった。

だんだんと高くなってゆく女のその声に、佐々木も知っている甘い響きが混じるようになっていたからである。

明らかに、聴こえてくる女の声には、愉悦の響きがあった。

女が、悦びの声をあげている。

佐々木は、もちろん、どういう時に女がそういう声をあげるか知っていた。

間違えようがない。

「あああっ！」

女の高い声。

「殺して」

女が、そう言った。

そしてまた、意味がわからない愉悦の声。

好奇心に負けていた。


佐々木は、便器の上に両足を乗せ、壁に手をあててバランスをとりながら、ゆっくりと両足の膝を伸ばしていった。

窓が、顔の高さにあった。

左右に開け閉めできるタイプの窓だ。

運のよいことに、右端が、わずか一センチほど開いている。

そこに、右眼をあて、佐々木は外を眺めた。

そこで、月明りの中で行なわれている奇怪な光景を、佐々木は見たのであった。

28

芝生の上に、木を模して作られたコンクリートの椅子がある。

人間ふたりが、ゆったりと並んで座ることができるほどの長さの椅子だ。

その椅子に、ひとりの女が、上体を前に倒し、両手をついている。

両足は地についているが、両手を椅子についているので、女は四つん這いの姿勢をとっていることになる。

上半身には、まだ服を身につけていたが、下半身には何も身につけてはいなかった。

白い、なまめかしい尻を、女は、高く上に持ちあげていた。

その尻を、後方から抱き抱えているもの――それは、人間ではなかった。

毛むくじゃらで、黒いもの。

人!?

犬!?

それは、人のようにも犬のようにも見えた。

しかし、そのどちらでもないもの。

人が、あんなに毛むくじゃらなわけがない。

第一、人だったら、あんな風な尾など生やしているわけはない。

そいつには、尾があったのである。

しかし、犬でもない。

犬が、二本脚で立つであろうか。

そいつは、二本脚で立っているのである。

犬も、時には二本脚で立つこともあるし、場合によっては何歩か歩くものもいる。だが、そいつは、犬が二本脚で立つようには立っていなかった。まるで、人が二本脚で立つが如くに立っているのである。犬が二本脚で立つ時のような不自然さがない。

そいつは、高く持ちあげられた女の尻を背後から抱えて、激しく腰を使っていたのである。

それを、横に立った老人が眺めているのであった。

佐々木も、顔は知っていた。あの、いつも一緒に犬を連れていた老人であった。

夜であり、顔の細部や表情までが、全部見てとれるわけではない。

月明りと、わずかに届いてくる駐車場の灯りがあるだけだ。

しかし、着ているものや、その背格好からあの老人とわかる。

くたびれて、型の崩れた上着。

前に向かって曲がった背。

あの、犬の老人だ。

とすると、女を後ろから犯しているのはあの犬なのか。

しかし、いつも老人が連れている犬はどう見ても犬だが、今、女を犯しているのは、犬のようで犬ではない。

強いていうなら、人犬だ。

異形のものだ。

その異形のものに女が犯されている。

犯されて声をあげている。

悦んでいる。

何故《なぜ》、老人は黙ってそれを眺めているのか。

何故、老人はそいつを止めないのか。

いや、もしかしたら、老人が、あの人犬をけしかけているのか。

「本当にやって！」

女が、叫ぶ。

「仇《かたき》をとって！」

頂に登りつめる寸前のようであった。

背を反らし、首を上に持ちあげ、顔を左右に振る。

「岸又組を潰して！」

見ていられなかった。

佐々木は、便器の上に、しゃがみ込んでいた。

便器の上から、下りることができなかった。

下りれば、音がしてしまうからだ。

どんなにわずかな音でも、音がすれば、それを彼らに聴きとられてしまうだろう。

心臓が鳴っている。

その音を、聴かれてしまうのではないかと思った。

今にも、頭の上の窓から、

「見たな」

あの人犬か、老人の顔が覗き込んできそうな気がした。

一時間以上も、佐々木はそこでそうやっていた。

もう、だいぶ前から、どういう音も聴こえてこない。

おそるおそる顔をあげ、窓から外を覗いた。

誰もいなかった。

芝生と、そこにある椅子が、月の光に照らされているばかりである。

そして、ようやく、佐々木は便所の外へ出たのであった。

29

「でね、どうやら、それが最後みたいなんだよ」

武藤は言った。

「最後?」

乱蔵が訊ねる。

「その犬の爺さんを、誰かが見た最後ってことさ。その後、その爺さんを見た者は、おれの知る限りじゃ、いないよ」

「そういうことか」

「くだらん……」

武藤が言った。

「何がだい」

「お犬さまだとか、呪うだとか、そういうことがだよ」

「何故?」

「そういうことが、本当にあるのかどうかは今だって、わからねえよ」

「——」

「まあ、あるっていうんなら、あるってことでいいさ。今、おれが、それをやられてひどい目にあわされてるってことなら、そういうことにしとくさ」

「それで?」

「おれたちみたいな世界じゃ、まどろっこしいやり方さ」

「――」

「誰かを恨んでて、そいつを殺したいって思ったら、若いのに銃《チャカ》を渡して、命《タマ》とってこいと言やあいいんだ。しばらく臭い飯を喰って、もどってこられるんだ」

「したことがあるみたいだな」

「ないよ」

少し、余裕が出てきたのか、武藤は乱蔵に向かって笑ってみせた。

「九十九さん。勘違いしないでくれ。おれは、やったことがあると言ったんじゃないよ。そうした方が速いだろうと言っただけだ」

「その通りだよ、武藤さん、あんたは言っただけだ」

「そうさ、言っただけだ」

「ああ――」

「ひとつ、聴かせてくれ、九十九さん」

「なんだい」

「呪いだの何だのと言ったたって、呪おうとしている奴《やつ》が死んじまったらそれまでなんだろう」

「何のことだい？」

「だからさ、今度のことで言えば、あの女がもしも死んじまったら、それでおしまいってえことじゃないのかい」

「――」

無言で、乱蔵は武藤を見た。

「な、何なんだ、その眼つきは――」

言った武藤の顔を、乱蔵はさぐるように覗き込んだ。

「まさか、武藤さん……」

「な、何だ」

「やったな……」

「やったたって、何のことだ。死ねばおしまいってことじゃないのか」

「そうとは限らんさ」

「何故、そうとは限らないんだ。呪ってるやつがいなくなれば、おしまいじゃないのか」

「そんなに簡単なことじゃないよ」

「どこかで聴いたことがあったんだ。そんなこと。呪ってる相手がいなくなれば、それで大丈夫だって――」

「へえ、誰がそんなことを言ったんだい」

「だから、誰がってことじゃない。誰だかわからないが、そんなことを小耳に挟んだことがあるってことだよ」

「何かしたってえ面《つら》だなァ、そりゃあ」

乱蔵が言った時――犬に、妙な動きが始まったのである。

「犬が、妙な動きをしています」

モニターを見ていた組員のひとりが言った。

その組員が、モニターのひとつを指差している。

その画面には、塀の中に入った犬たちが、群れているシーンが映っていた。

犬たちは、群れたまま、移動していた。

屋敷の、門のある方角であった。

「誰か来ています」

別のモニターを見ていた男が言った。

門の外側を、門の上方から撮っている映像であった。

来客があった時、その人間が誰であるかを確認するためのものであった。

大きな木製の門であった。

上部に瓦《かわら》屋根があり、カメラはその屋根の下に設置されていた。

犬たちは、その来訪者に気づいて、門の内側に向かって集まり出したものらしい。

男は、和服を着ていた。

絣《かすり》の着物に袴《はかま》を穿《は》き、右手に太いステッキを握っていた。

頭には山高帽を被《かぶ》っている。

足まわりは下駄であった。

明治から大正にかけての服装であった。

男は、顔をあげて、カメラを見あげた。

鼻の下と顎に、髯《ひげ》を生やしていた。

髪は長く、肩まで垂れている。

四〇代の半ばくらいと見えた。

男は、門の横にあるインタフォンの通話ボタンを押した。

乱蔵たちのいる部屋に、呼び出し音が鳴った。

すでに、その時武藤は立ちあがっていた。

壁に付けられたインタフォンのスイッチを入れ、

「誰だ⁉」

低い声で問うた。

「病葉《わくらば》多聞《たもん》――」

インタフォンのスピーカーから、そう言う男の声が響いてきた。

「あんたが病葉さんか」

「うむ」

「来ないのかと思っていた」

「歩いてきたのでな」

落ちついた声であった。

「入ってもらいたいのだが、今は危険だ」

「これか」

男が言った、〝これ〟というのは、犬の吠える声のことだ。

門の内側に集まった犬たちの吠える声が、インタフォンを通じて、乱蔵の耳にも届いてくる。

「そうだ。門を開くと、犬があんたに襲いかかるかもしれん」

「かまわん」

男は言った。

インタフォンの前で、武藤は迷った。

ドアは、電動で開く。

車の中から、スイッチひとつで開け閉めできるし、今、この部屋からも同様の操作はできる。

しかし、門を開くと、さらに犬が入ってくるのではないか。

門を開いた途端、犬たちが、その来訪者——病葉多聞に襲いかかるのではないか。

武藤が迷ったのは、そう考えたからである。

しかし、犬は、すでに塀の中に入ってしまっている。

今、開けたところで、状況がどう変わるというものではない。

病葉多聞は病葉多聞で吠え狂っている犬の群がいるのを承知で、門を開けよと言っているのだ。

「今、開ける」

武藤が言って、インタフォンの横にあったスイッチを指先で押した。

ゆっくりと、門が開き始めた。

人間ひとりが、ようやく通り抜けることができそうなほど開いた時、

「充分だ」

病葉多聞は、そうつぶやいて、足を前に向かって踏み出した。

門をくぐる時、

「門は、おれが合図をするまで、しばらく開けておけ——」

そう言った。

中に入った病葉多聞を、たちまち犬の群が囲んでいた。

牙をむき出し、口の端に泡を溜《た》めたドーベルマンがいる。

狂ったように吠えるシェパード。

かつんかつん、と歯を嚙み鳴らすハスキー犬。

ブルドッグ。

ゴールデンリトリバー。

十頭を超える犬が、病葉多聞に吠えかかった。

多聞は、少しも動じた風はない。

嚙みついてこようとする犬たちを、ステッキでいなしながら、数歩前に出て、立ち止まった。

「ぬしら、傀儡《くぐつ》か——」

短くつぶやいた。

その時——

ドーベルマンが、多聞に向かって飛びかかってきた。

顔ではない。

右足をねらってきた。

多聞は、右足を退《ひ》かなかった。

逆に右足を前に出し、襲いかかる寸前のドーベルマンの鼻頭を蹴りあげた。

わぎゃっ、
声をあげて、ドーベルマンが退《さ》がった。

ほぼ同時に、顔に向かって飛びかかってきたシェパードの左眼を、左手の人差し指で突き、横から走りよってきたハスキー犬の口の中に、杖の先を突っ込んでいた。

犬たちが、明らかに怯《ひる》んだその時、多聞は一頭のテリヤの頭部を、ステッキの先で、したたかに叩いていた。

テリヤは、脳震盪《のうしんとう》を起こし、そこに倒れ伏した。

「おう——」

多聞は、倒れたテリヤに向かってしゃがみ込み、杖を地に置いて抱きあげた。

両手でテリヤの頭部を押さえ、口の中で何かの呪文の如きものを低く唱えた。

さっき、鼻頭を蹴られたばかりのドーベルマンが、気をとりなおして、再び襲いかかろうとしたその時——

多聞が、両手に抱えていたテリヤを、半分開いている門の方に向かって、放り投げた。

地に落ちたテリヤは、蘇生して、情けない声をあげて走り出した。

門の外に向かって——

すると、奇妙なことがおこった。

さっきまで、多聞に向かって吠えかかっていた犬たちが、一斉に、テリヤを追って走り出したのである。

テリヤが、悲鳴のような声をあげて、門の外に駆け出ていた。

残った犬たちも、テリヤを追って、門の外に向かって走り出てゆく。

すぐに、犬たちの姿は見えなくなった。

屋敷に向かって、病葉多聞は、ゆっくりと右手を挙げて合図をした。

カメラが自分を見ていることを知っているのである。

モニターを見ていた武藤が、慌ててボタンを押すと、門が閉まり始めた。

門が閉まるのを確認してから、多聞はゆっくりと杖をひろいあげ、また歩き出した。

建物の近くまで来た時——多聞は一瞬立ち止まり、何かを確認するように周囲を見回してから、

「ほう……」

低く、感心したような声をあげた。

多聞が視線をもどした時、すでに、玄関のドアが中から開けられていて、組の者と思われる男が、そこで待っていた。

30

武藤の部屋に入ってきた病葉多聞は、

「遅くなった」

低い声でそう言った。

「よく来てくれた」

武藤は、揉《も》み手をしそうなほど笑みを浮かべて、多聞を出迎えた。

「おまえさんが、半信半疑だったのでな、追い返されるかと思っていたのだが、その顔つきだと、自分の立場を理解しているようだな——」

「いえ、半信半疑なんてことはありません」

武藤の言葉が丁寧になっている。

多聞の視線が、武藤の背後に立っている乱蔵に向けられた。

「あちらは？」

多聞が問う。

「九十九乱蔵って者《もん》だよ」

乱蔵が言うと、

「おう、あんたがあの——」

多聞が、何事か納得したようにうなずき、

「あんたの名は、知られてるよ」

そう言った。

「さっきのは、見させてもらった。みごとだったよ。あの犬たちは、みんな、あのテリヤをウサギか何かの小動物だと思い込んで、追いかけながら外へ出て行っちまった」

「あんただって、あのくらいはできるだろうさ——」

そこまで言って、多聞は乱蔵の顔を見、

「しかし、やらなかったというのは、それはつまり——」

「そのつまりだよ」

「できるのに、犬を外に追い出さなかったということだな……」

「——」

「というと、あの、屋敷の周りに張ってあった結界も——」

「おれがやったもんだよ」

「どうりでよくできてると思ったよ」

「ふふん」

「それはどうやら、おれは、あんたの仕事の邪魔をしてしまったわけだな」

「そうなるかな」

「あんたも、そこの武藤先生に頼まれたのかい」

「いいや。仕事には仕事なんだが、そこの武藤さんに頼まれたわけじゃないんだ」

「では、何故、ここに?」

「ボランティアでね」

乱蔵が言った時、

「世話んなったなあ、九十九さん——」

武藤が言った。

「あとは、この病葉先生がやることになっている。

あんたはもう帰ってくれ——」

乱蔵は、武藤を見ていなかった。

乱蔵が見つめているのは、病葉多聞であった。

武藤の言葉が聴こえていなかったかのように、乱蔵は多聞に声をかけた。

「病葉さん。あんたにちょっと訊きたいことがあるんだよ」

「何だね」

多聞は、被っていた山高帽を左手で脱ぎながら、乱蔵を見やった。

「あんたが来る直前まで、そこの武藤さんと話していたことがあるんだ」

「それが、どうしたのかね」

「武藤さんが、妙なことを言ってるのさ」

「どんな」

「誰かが、誰かに、そこの武藤さんを呪うように頼んだとしてね。頼んだ人間——つまり依頼人がたとえば死んでしまったら、もう呪われることはないだろうってね——」

「ほう」

多聞は、武藤を見やった。

「言ったかね、わたしはそんなことを——」

「い、いや、あんたは、そんなことは——」

「言ったよ」

多聞の声が、武藤の言葉を遮《さえぎ》った。

「電話でね、あんたがしつこく訊くから答えた。確かに、そういうケースもあるだろうとね。しかし、それだけではないとも付け加えたはずだ。呪詛《すそ》というのは、そんなに甘いものじゃない。一度始まったら、依頼者が死のうが、呪者が死のうが、そのシステムが発動し続けるものだってある」

「——」

「人が、人を呪うというのは、生易しいものではないよ。最後の最後に、それ以外に方法のなくなったものが、自らを鬼と化して人を呪うのだ。依頼者が死に、呪者が死んでも、憎い相手やその一族全てが死に果てたとしても、土地やものに呪いが残り続けて、人に禍事《まがごと》をなすという例はいくらでもある……」

多聞は、乱蔵を見、

「そうだね、九十九君」

そう言った。

「あんたの言う通りだよ、病葉さん……」

乱蔵はうなずいた。

乱蔵は、武藤の前に立ち、

「やったな」

睨んだ。

「――」

武藤が、眼をそらせた。

「今か。今、誰かに何かやらせているのか。坂田広一を、坂田の家を、誰かに襲わせているんだな」

乱蔵は、右手で武藤の胸ぐらを摑んだ。

武藤の身体が浮きあがる。

とてつもない、乱蔵の腕力であった。

武藤の爪先は、床の絨毯《じゅうたん》にかろうじて触れているだけだ。

武藤の胸ぐらを摑んでいる乱蔵の右手の甲に、病葉多聞が右手で握ったステッキの先が触れた。

「下ろしてもらおうか、九十九君――」

多聞は言った。

「馬鹿でも、ヤクザでも、わたしの依頼者なんだ」

「やだね」

「つまらんよ、九十九君。我々が争うのは――」

「つまらないことにこだわる性《たち》でね」

乱蔵が言った時、
ひゅっ、
と音をたてて多聞のステッキが宙を疾《はし》った。

「つうっ」

男のひとりが声をあげて、左手で自分の右手を押さえた。

ごとり、
と音をたて、絨毯の上に拳銃が落ちた。

その男が、拳銃を抜こうとしたのである。

それを、男の右手首をステッキで叩いて多聞が止めたのである。

「やめときなさい」

多聞が落ち着いた声で言った。

「撃っていたら、武藤さんに当っているところだったよ」

男は、手首を押さえたまま、乱蔵と多聞を睨んでいた。

「お、遅いんだ――」

身体を宙に浮かされた状態で、武藤は言った。

「なに!?」

「しばらく前に、連絡が入った。これから始めるって――」

「始める?」

「坂田公一の家を、襲うんだ」

「やめさせるんだ。今すぐに。襲う人間は、携帯を持っているんだろう?」

「無理だ」

「無理?」

「坂田の家のあたりは、携帯が通じない。それに、作戦中は、携帯を切っておくように指示してある。家に忍び込む時に、携帯が鳴ったり、ぶるぶる震えたりしたらまずいだろう?」

乱蔵は、武藤を突き飛ばすように放り出した。

携帯を取り出し、坂田の家に電話を入れた。

通じない。

話し中か。

電話線を切られているのか。

「武藤さん。おれは、ここで手を引かせてもらう。こっちはこっちで、勝手にやってくれ――」

乱蔵は、ドアを蹴り開けて、部屋の外に飛び出していた。

31

土手の上で、高谷守《たかやまもる》は、草の中に身を沈めていた。

絶え間ない川音と、周囲の薄《すすき》が風に揺れる音だけが響いている。

煙草《たばこ》を喫《す》いたいところだが、それは我慢しなければならない。

煙草の火は、遠くからでも目立つからだ。

緊張している。

これから、人を殺さねばならないからだ。

殺すのは、ひとりだ。

死んだ坂田順一郎の妻、坂田美沙子を殺す。

必要なら、美沙子の息子の広一と、その妻の晴美も殺す。

拳銃も用意してきているが、なるべくそれは使わないつもりだった。

ナイフも持っているが、それも使わない方がいい。

使うのなら、坂田の家にある刃物だ。

台所に行けば、包丁くらいはある。

その包丁を使えばいい。

その方が足がつきにくい。

捕まった時も、凶器を持っていったのと、現場にあった刃物をたまたま手にして殺すのとでは、大きく事情が違ってくる。坂田の家にある包丁を使っておけば、罪が軽くなる。

小さなポリタンクに、ガソリンを入れて持ってきていた。

ひとり——あるいは三人を殺した後、多少の金めのものを持ち出して、家に火を点ける。

もの盗りの犯行に見せかけるつもりだった。

たまたま、盗みに入った家で、家の者に見つかった。それで殺した。そういうことになっている。

火を点けた後は、そのまま車で逃げて、途中で車を乗り捨てる。

東京へ行って、そこで身を隠す。

車は、盗んだものだ。

拳銃に、前科《まえ》はない。

指紋は残さない。

煙草も、車の中では喫わない。

髪の毛も落とさない。

それだけの用心をしている。

武藤に頼まれたのだ。

いや、正確には、武藤が直接頼んできたのではない。

依頼してきたのは、岸又組の幹部だ。

もし、捕えられたとしても、自分たちでやったことにする。

自分と、加山和彦《かやまかずひこ》とで。

武藤まで、警察の手が伸びることはない。

すでに、現金で二千万円をもらっている。

逃げることはできない仕事だ。

足音がした。

高谷は、いっそう深く草の中に身を沈めた。


「高谷さん、高谷さん……」

低い声が響いた。

加山の声だった。

「ここだ」

やはり、低い声で、高谷が答える。

灯《あか》りを持たずに行動しているから、加山には、草の中に身を沈めている高谷の姿が見えない。

わずかな月明りがなければ、灯りなしではとても動けるものではない。

「すみましたよ」

加山が、高谷の横にしゃがんできた。

「ちゃんと切ったか」

「ばっちりです」

切った——というのは、電話線のことである。

外から電話を掛けても、つながらない。

中からも、電話を掛けることはできない。

家の中の者が、電話がつながらないことに気づくのは、中から外へ電話を掛けようとした時だけだ。

外から、中にいる坂田の携帯に、

〃家の電話がつながらないぞ〃

と電話が入ることもない。

ここは、携帯の電波が届かない場所だからだ。

もう一〇〇メートルも移動すれば、携帯はつながるが、ここでは無理だ。

たとえ、家の中から外へ電話ができないことがわかっても、それが、まさか、自分たちを殺しに来る者がいるということにまで結びつけて考えたりはしないだろう。

「何人いる?」

「三人です」

坂田広一。

坂田晴美。

坂田美沙子。

何があろうと、坂田美沙子だけは殺せ——

そう言われている。

何故、坂田美沙子を殺さねばならないか。


それは、言われてない。

ただ、高谷にはその見当はついている。

——たぶん、あの件だ。

犬。

このところ、岸又組の周辺、関係者の間で、犬の事故が続いている。

その犬の事故がもう起きないようにするために、自分と加山は、今、ここにいるのだ。

「ああ、煙草が喫《す》いてえ」

加山がつぶやいた。

「やめとけ」

高谷は言った。

火は目立つ。

もしも、喫った煙草を落としたりしたら、付着した唾液《だえき》から、誰が喫ったものか特定されてしまう。

「わかってますよ。言っただけですから——」

「ならいい」

高谷は、加山と顔を見合わせた。

川の音がする。

さやさやと、風で草の触れ合う音がする。

「よし、いこう」

高谷が、覚悟を決めたように言った。

「はい」

高谷と加山は、草の中から立ちあがった。

立ちあがったその瞬間――

「わっ」

「ひっ」

声をあげて高谷と加山は、後ろへ跳びのいていた。

ふたりの眼の前に、不気味なものが立っていたからである。

人!?

「だ、誰だ」

思わず、高谷はそれにそう問うていた。

それは、答えなかった。

それは、ただ、そこに立っているだけであった。

いったい、いつ、そこへやってきて、そこへ立ったのか。

ぷうんと、腐臭が、高谷と加山の鼻に届いてきた。

凄い臭《にお》いだ。

腐った肉の臭い。

それは、老人だった。

ぼろぼろのコートを着ていた。

長い髪が、頬や、頸《くび》にへばりついている。

その頬や肉の色――

もしも、昼の光の中で見たら、とても見られたものではなかったに違いない。

月明りで見ても、その顔の肉が崩れているのがわかる。

そして、その肌の上を、何かが動いている。

蛆《うじ》だ。

無数の蛆が、それの頬や、眼の上を這い、あるものはその肉の中から姿を現わし、あるものは肉の中に潜り込んでゆく。

その老人は、眼球の上を蛆に這われているというのに、瞬《まばた》きすらしようとしない。

顔をそむけたくなるような臭いと光景であるのに、高谷と加山は、それから眼を離せなかった。

誰だ。

と問われて、老人は答えなかった。

黙って、ただ、そこに突っ立っている。

「こ、こ、こここ――」

鶏のような声をあげて、

「この野郎」

高谷は、それを蹴りとばした。

重い音をたてて、あっさりとそれは草の中に倒れ込んだ。

「ど、どうだ」

高谷は、草の中のものを見おろしながら言った。

もぞり、
と、それが動いた。

それは、草の中で、
もぞり、
もぞり、
と身をくねらしながら、起きあがろうとしていた。

それが、ゆっくりと起きあがってきた。

起きあがったそれを見た時、高谷は、そこにへたり込みそうになった。

それの頸が、肩と平行になるくらい、右横に傾いていたからである。

頸の骨が、折れている。

にもかかわらず、それは、動いた。

高谷と加山に向かって、ひょこりと足を踏み出してきた。

「こ、こいつは、し、死人だ!?」

高谷は言った。

「ぶっかけろ、加山!」

高谷は叫んだ。

「そいつを、こいつにぶっかけるんだ!!」

加山の足元に、ガソリンの入ったポリタンクがあった。

五リットル入るポリタンクだ。
それを、持ちあげ、加山はそれに向かってガソリンをかけようとした。
ガソリンは、出てこなかった。
「馬鹿、ふ、蓋《ふた》を開けろ!!」
「わ、わかってるって――」
加山は、夢中で、ポリタンクの蓋を開けた。
「この」
中のガソリンを、それにぶちまけた。
半分近くが、それの身体にかかった。
「さ、退がってろ」
高谷が言った。
まだガソリンの入ったポリタンクを持ったまま、加山が退がった。
すでに、高谷の手には、炎の点いたライターが握られていた。
灯油で火を点ける、金属製のライターだ。
火の点いたライターを、高谷は、それに向かって放り投げた。
それの身体に、炎の点いたライターがぶつかった。
それが、炎をあげて燃え始めた。
燃えても、それは、声もあげない。
まだ、歩いていた。
一歩、
二歩、
身を焼かれながら、それは高谷と加山に向かって歩いてくる。
「くそっ」
加山が、さらにガソリンをぶっかけた。
いよいよ激しく、それが燃え始めた。
それでもまだ、それは動くのをやめなかった。
ようやく、土手の上にそれが倒れた。
倒れても、まだ、それは燃え続け、まだ動こうとしていた。
這いながら、近づいてくる。
高谷と、加山は、退がった。

そして——

ようやく、それが動きを止めた。

それは、動かなくなり、ほどなくそれの全身を覆っていた炎も勢いを弱め、やがて、消えた。

夜気の中に、肉の焼けるいやな臭いが残っていた。

ふたりは、しばらくそこに突っ立って、それを見つめていた。

呼吸が荒い。

もう、それが動かないことがようやくわかって、ほっとした溜め息をふたりは洩《も》らした。

「加山——」

高谷が言った。

「は、はい」

「おれは、もう、一生焼肉は喰わねえぞ」

「お、おれもです」

「どうする?」

高谷が訊いた。

「ど、どうするって言ったたって——」

「仕事だ」

「や、やめましょう。誰かが見てますよ。あんなに燃えたんだ。家の中のやつらだって、見たに決まってます」

「家の中からは、ここは死角だ。見えてない——」

「そんなこと言ったたって——」

「ここでやめて、どうする。腰抜けと言われるぞ——」

「せ、説明すれば、わかってくれるんじゃないすか」

「馬鹿、下手すりゃ、おれたちが消されちまうぞ——」

「ま、まさか」

「おれは行くぞ」

高谷は、ズボンのベルトに挟んでいた拳銃を、背中側から引き抜いた。

「何をするんです?」

「正面から行く」

「え」

「そっと忍び込むなんてこたあ、もうやめだ。玄関でも、窓でも、ぶち破って中へ入っていき、いきなりこいつをくらわせりゃあいいんだ」

高谷は、言いながら、もう土手の上を歩き出していた。

今のできごとで、高谷の精神のタガがはずれてしまったようであった。

「待って下さい」

「胆《はら》ァくくれ、加山」

高谷は、どんどん歩いてゆく。

ふたりの距離が、遠くなってゆく。

「行きます。おれも行きますから——」

加山が後を追った。

高谷と加山が歩いてゆく先に、坂田の家の灯りが見えていた。

32

家を、一周した。

しかし、開いている戸や窓はひとつもなかった。

全ての雨戸が閉められている。

雨戸も、木の雨戸ではない。

アルミの雨戸だ。

建物自体は古い木造だが、窓だけはアルミサッシになっている。

風呂場の窓は、外側にアルミ格子《ごうし》の外枠が嵌《は》めてあり、簡単に侵入はできないようになっている。

〝玄関でも窓でもぶち破って〟

と高谷は言っていたが、さすがに、そんなに簡単なものではない。

素手でぶち破るには、時間のかかりそうな場所ばかりであった。

「ど、どうします、高谷さん」

加山が言った。

「うるせえ、静かにしてろ」

高谷が、低めた声で、加山を黙らせる。

風呂場の窓の下であった。

アルミ格子が、外から嵌め込んであるが、なんとかはずせそうであった。

ただし、ドライバーがあればの話だ。

素手や腕力では、壊せそうにないが、枠を留めてある螺子釘《ねじくぎ》を抜けば、はずすことができる。

しかし、ドライバーがない。

もしあっても、はずせるのは、枠の下側だけであり、上部は踏み台か、その代りになるようなものがなければ無理であった。

「坂田のやつ、家の戸閉りを、厳重にしやがって――」

高谷がつぶやいた通りであった。

アルミ格子の外枠を窓に嵌め込んだのも、アルミの雨戸を取りつけたのも、いずれも、ここ数カ月以内に、坂田がやったことばかりであった。

不審なことが続いていたので、用心のためにそうしたのである。

特に、この夜は、乱蔵が、くれぐれも用心しろと言い残して出かけて行ったということもある。

できうる限りの戸閉りがしてあった。

なんとか壊すことができそうなのは、玄関の戸であった。

木の戸で、一部がガラスでできている。

ガラスを割って、手を差し込み、手の届く範囲に〝ロック〟のシステムがあれば、それを解除することができる。

しかし、玄関の戸だけで、鍵が三つ付いていた。

手を差し込んでも、届く範囲に、ロックのシステムがあるとも思えない。

ガラスも、強化フィルムを張ってあるだろう。

ならば、バットで叩いても、簡単には割れないであろう。

もし、割れても、人がくぐるだけのスペースはそこにない。

ただ、中に人がいるらしいことは、わかる。戸や、二階の窓の閉められた隙間から、光が洩れてくるからだ。

家の内部の灯りが点けられているのは確かである。

どこかをぶち破るのに時間をかけているうちに、別の場所から誰かが外へ逃げ出すことができる。

もっと人数がいれば、全ての出入口と窓を見張ることができるが、ふたりではそれができない。

方法は、幾つかある。

なんとか、外側から二階の屋根に登って、アルミ格子の窓枠が嵌められてない場所の窓を壊して、そこから中に入る。

しかし、その窓にも、強化フィルムが張ってあったら無理であろう。

もうひとつは、車で、玄関に体当りして、戸を壊し、そこから侵入する。

あとは——。

「火を点けるか——」

高谷が、低い声でつぶやいた。

「火⁉」

「ガソリンは？」

もともと、火を放つつもりではいたのである。

美沙子を殺してからやるのも、火を放ってから殺《や》るのも同じだ。

「ありません」

加山は言った。

「さっき、おかしな爺いにみんな使っちまって——」

「ばか」

ガソリンさえあれば、家の周囲全体から、同時に火が燃えあがるようにできる。

「でも、高谷さん。火を点けても、中の人間が焼け死ぬか、逃げ出してくるまで待ってられますか。その前に消防車が来ちまいますよ」

「わかってるよ」

高谷の声は、いらついていた。

右手に持った拳銃を、ズボンのベルトに差し込んで、高谷は唸った。

「来い、加山」

高谷は、歩き出した。

「どこへです?」

「玄関だよ」

高谷は言った。

「いいか、てめえ、普通の顔をしてろよ。できる限り、せいいっぱいの善人面《づら》だぞ――」

「は、はい」

高谷と加山は、玄関の前に立った。

常夜灯が、玄関の上に点いている。

インタフォンがあり、指で押すためのボタンがあるのがわかる。

「押せ」

高谷が言った。

「こ、これを?」

「そうだ」

加山が、手を伸ばし、右手の人差し指でそのボタンを押した。

待った。

家の中で、チャイムの鳴る音がした。

人の気配が、内部で動くのがわかった。

待った。

しかし、応答はない。

「もう、一度――」

高谷が、加山に命じた。

加山が、ボタンを押す。

チャイムが鳴る。

待つ。

応答はなかった。

インタフォンの上部に、小さなレンズがあるのが見える。

おそらく、内部の人間は、ここに誰が立っているのか、それを映像で見ているのであろう。

拳銃は⁉
高谷は、頭の中で確認する。
背中側の、ズボンのベルトに差してある。
中の人間にはわかってないはずだ。
ただ、知らぬ男がふたり、玄関に立っているだけのことだ。
今度は、無言で高谷がボタンを押した。
やはり、チャイムの音がした。
これまでで、一番長く待った。
応答はない。
待った。
高谷は、玄関の戸を、右手で直接叩いた。
「坂田さん、いらっしゃいますか」
戸を叩き、
「至急に、お知らせしたいことがあるんですが――」
叩く手に力がこもった。
「急ぎの用事なんです」
それでも、応答はない。

高谷は、戸を叩く。
「一吉町の、渡辺といいます」
嘘をついた。
名前なんかどうでもいい。
ともかく、何でもいいから名のれば、むこうも安心するだろう。
やはり、応答のないのは同じだった。
「くそ!」
高谷は、ドアを殴りつけるようにして叩いた。
おもいきり叩く。
叩いているうちに、激情が増してゆく。
狂ったように叩いた。
「開けろっ」
ドアを蹴った。
おもいきり。
ドアのガラスは、割れなかった。
普通なら、割れるだけの力がこもっている。
二度。

三度。

「加山、このドアをぶっ壊せ！」

ふたりで、ドアを蹴った。

ドアは、壊れない。

ガラスも割れない。

やはり、強化フィルムを張ってあるのだ。

「糞ったれ」

高谷が、叫ぶ。

「こんなドアなんか、いつだって壊せるんだからな」

肩でぶつかった。

壊れない。

「加山、どこかに、でかい石か、丸太でも落っこってないか」

「あ、ありません」

さっき、ふたりで家を回った時、そんなものが落ちてないのは見ている。

「火を点けるぞ。ガソリンをまいて、燃やしてやるからな。それでもいいのか」

何も叩かず、ただ大声で叫んだ。

応答はない。

「加山、かまわねえから、ライターでかたっぱしから、この家に火を点けてまわれ」

「は、はい」

加山が、ポケットの中に右手を突っ込んで、ライターを捜す。

「開けねえか！」

叫んだ高谷の足が、後方にひっぱられた。

誰だ。

おれの足を引っぱるのは。

加山、おまえか。

それにしても、何故、そんなに低い場所を引っぱるのか。

高谷が、後方を振り返った。

加山ではなかった。

加山は、ようやく、ポケットからライターを見つけ出したところだった。

犬であった。

一頭の黒い犬が、高野の右足のアキレス腱《けん》のあたりに後方から咬《か》みついて、後方に引っぱっているのである。

「い、犬⁉」

それがわかった途端に、強い痛みが、跳ねあがった。

犬は、その牙を、おもいきりアキレス腱に打ち込んでいたのである。

それに、自分は気づかなかっただけなのだ。

咬まれているのに気づき、痛みに気づいたのだ。

声も出さない。

吠えもしない。

唸りもしない。

犬としては、不気味だ。

いつ、どこから、どうやって近づいてきたのか。

無言で、犬が、アキレス腱に咬みついてきたのだ。

「げあああっ……」

叫んだ時、強く引かれていた。

バランスを崩して、高谷はどうと倒れ込んだ。

みりみりと、アキレス腱が音をたてているのがわかる。

土佐犬だ。

大きな土佐犬が、高谷を倒し、引きずってゆく。

「た、高谷さん⁉」

声をあげた加山も、そこにひっくり返った。

犬だ。

別の犬が、加山の足に咬みついて、そこに引き倒したのだ。

「ちいいいっ」

加山がみっともない悲鳴をあげた。

加山の手から、ライターが落ちる。

高谷のアキレス腱が、咬みちぎられてゆく。

「があっ‼」

声をあげた時、高谷は、ようやく自分が拳銃を隠し持っていたことに気がついた。
腰の後ろに手をのばし、拳銃を引き抜いた。
その瞬間――
その拳銃を持った手首に、別の犬が咬みついてきた。
手首の骨が、咬み砕かれる。
拳銃が落ちた。
いったい、何頭犬がいるのか。
もう、高谷と加山にはなす術《すべ》がない。
ただみっともない声をあげて暴れているだけだ。
その時――。
どすん、
という鈍い音がした。
重い音だ。
その途端に、足に咬みついていた犬がその牙を放した。
もう一度、同じ音がした。

今度は、手首に咬みついていた犬が離れた。

見あげると、そこに、ぬうっと巨大な人影が立っていた。

その人影の左肩のあたりから、金緑色の眼が見降ろしていた。

猫又のシャモンである。

「おまえら、何人だい?」

太い声が、上から降《ふ》ってきた。

「ふ、ふたりだ」

高谷が言った。

見れば、横で、加山が仰向けになって呻いている。

犬は、三頭。

その三頭が、でかい男と、加山、高谷を囲んで、低い唸り声をあげている。

吠えないところが不気味であった。

け、拳銃は!?

高谷が、手から落とした拳銃を眼でさぐる。

「これだろう?」

また、太い男の声が響いた。

その男の手に、拳銃が握られている。

つい今まで、高谷自身が持っていた拳銃であった。

「間にあってよかったぜ」

玄関の常夜灯の灯りの中で、男の太い唇が嗤《わら》った。

「お、おめえ……」

「九十九乱蔵って者《もん》だよ」

言いながら、その巨《おお》きな男――乱蔵が、拳銃をズボンのベルトに差した。

拳銃が、ベルトに収まるのを待っていたように、土佐犬が乱蔵に襲いかかってきた。

「かっ」

乱蔵が、分厚い右掌で、土佐犬の頭部を真上から叩いた。

土佐犬は、気絶はしなかった。

しかし、乱蔵の掌で叩かれ、その頭部から何かが追い出されたように大人しくなった。

残った二頭の犬も、同じだった。

乱蔵に頭部を拳で叩かれると大人しくなり、後肢の間に尾を巻き込んで、そこから姿を消した。

「勝手に消えろ」

乱蔵は、ふたりの男に言った。

「どちらも、片足は使えるんだろう。無事に車までたどりつけば、助かる。今のうちだ――」

高谷は、顔をあげた。

すぐむこうに、車が停まっていた。

ランドクルーザーであった。

「あれは、おれのだ」

乱蔵が言う。

高谷と、加山は、それでもなんとか起きあがった。

よろめきながら、歩き出した。

加山の方が、それでもなんとか両足を地につくことができるらしい。

加山の肩を借りながら、高谷は加山と一緒に、そこから姿を消した。

「九十九さん……」

乱蔵の後方から、声がした。

玄関の戸が開いて、そこに坂田が立っていた。

中から、モニターの映像を見て、乱蔵とわかり、戸を開けたのだろう。

「事情があってな、もどってきた――」

乱蔵は言った。

「来るぜ？」

「何がです？」

「あいつだよ」

乱蔵はつぶやいた。

「あっちで、おれたちの話を聴いていたらしい。それで、こっちへ引き返してきたんだろう」

「あいつ？」

「長い夜になるぜ」

乱蔵は言った。

33

「そうですか」

坂田がうなずいたのは、戸閉りをすませ、階下の囲炉裏《いろり》の前に座してからであった。

坂田の妻の晴美もそこにはいる。

囲炉裏の横の板の間の上に、布団が敷かれていて、そこで美沙子が眠っている。

自分の眼の届くところへ、美沙子を置いておくため、乱蔵が言って、寝床をここへ移動させたのである。

ここならば、用便の時以外は、水を飲むことも、食事の仕度をすることも、食事をすることも、全て乱蔵の視線のおよぶ場所でできるからだ。

「あいつは、一吉で、母がねらわれているということを知ったのですね」

「ああ」

乱蔵はうなずいた。

乱蔵は、太い脚を窮屈そうに曲げて、胡座《あぐら》をかいている。

囲炉裏を挟んで向きあった坂田広一のむこうに、布団の中で眠っている美沙子が見えている。

「それで、あいつがここまでやってくると――」

「もう、来てるだろうよ。さっきのふたりが犬に襲われていたからな」

「九十九さんより先に、あいつが来たということですか――」

「やつの方が、先に動いたからな。車と同じ道を走らせたら、もちろん車の方が速いが、やつは、わざわざアスファルトの道路を走る必要はない。ほとんど一直線の山越えの道を選べば、間違いなくやつの方が先にここへ着いているだろう」

「しかし、我々を襲おうとしたふたりは、もうここにはいません。あいつは、母との契約を遂行《すいこう》するために、また武藤のところへもどっていったのではありませんか」

「だといいがな」

「といいますと？」

「もし、ここへ来たのなら、あいつは、自分の契約者から、マーキングが取りのぞかれたことに気づいてるってことだ」

「――」

「誰が、それを取りのぞいたのかも、わかっているだろう」

「九十九さんが……」

「そうだ。そして、やつは、このおれがここにいるってことも、もう、わかっているだろう」

「すると?」

「やつの、今の目的は、もう一度、マーキングをするということだ」

「母を、また……」

「そうだ。その邪魔をしようとするこのおれは、やつの敵ということになる」

「わたしたちは？」

「美沙子さんの契約は、まだ、完全に消え去ったわけじゃない。美沙子さんが目覚めて、はっきりとやつに襲うなと伝えれば、あんたたちは安全さ。しかし——」

「しかし？」

「今の状態は、何とも言えない」

「——」

「やつにとっては、あんたたちも、今は、自分と美沙子さんとの契約を邪魔する存在だ。襲われる可能性は充分にある」

　乱蔵の言葉に、坂田広一と晴美は、顔を見合わせた。

「美沙子さんを外に出し、やつにもう一度マーキングさせれば、ひとまずは安全だろう。それも、現実的な方法だ——」

「できません、そんなこと」

　広一は、迷うことなく言った。

「ならば、胆《はら》をくくることだ。やつの目的は、おれと、美沙子さんだ。あんたたちは、何もしなければ、犬たちが襲ってくるようなことはないだろう」

「は、はい」

　広一はうなずいてから、

「そもそも、あいつは、いったい何なのですか。あんなものが、この世にいるのですか——」

　乱蔵に問いかけてきた。

「いる」

　乱蔵は言った。

「いや、あると言った方が正確かもしれない」

「ある？」

「そこに、石があるのと同じように、やつもあるのさ。そこに、山があって、水があって、木があるように、やつもある——」

　そう言われても、広一にも、晴美にも、何のことかわからない。

「こいつもそうさ」

乱蔵は、自分の左肩を、右手の親指で指差した。

そこに、シャモンが、丸くなって眼を閉じている。

「こいつも、やつ——つまり、今、おれたちが相手をしている山猩と、本質的には同じものだよ」

「——」

「もともとは、実体がないものさ。気と呼んでもいい。気配と呼んでもいい。星間物質が、宇宙の中で集まって、かたちを作ってゆくように、こいつらも、長い時間の中でかたちを作ってゆく。周囲の、植物や、動物や虫——全ての生命の影響を、こいつらは受け続けている。その、受けた影響で、外見や、その性質、生態が決まってくる。百年、千年、二千年という時間の中でね。それに、もっとも強い影響を与えるのが、人間だよ」

「そこまでの話になると、もう、わたしには見当もつきません」

「だろうな」

「他のものはともかく、母が関わっているのは、どういう相手なのですか——」

「人の影響を、強く受けてるタイプだな」

「——」

「さっきおれが言ったものたちのほとんどは、無害なものか、あったって、たいしたことのないものだ。しかし、こいつは違う——」

「どんな風に?」

「人に、依存している——」

「人に?」

「自分が山猩という存在であるために、常に人と関わり続けるのさ——」

「どういうことです」

「人に、信仰されていないと、自分の存在を保てない神と言えば、わかりやすいか」

「わかりやすくはありませんが、なんとなくなら——」

「あの存在が、山猩であるためには、人が、あの存在について想うことが必要なんだよ」

「そうでないと？」

「あれは、山𤟤ではなくなってしまう」

「消滅する？」

「根本的なものは、消滅しない。消滅するのは山𤟤という性質だ」

「――」

「だから、やつは、人のために何かをする。そして、人に、自分のことを想ってもらうのさ。お犬さま、お犬さまってね。生命体と、ある意味では同じ欲望でできあがってるんだ」

「同じ欲望？」

「自己保存の欲望だよ」

「――」

「やつを神にたとえるなら、巫女《みこ》のような神の言葉や行為を取りつぐ人間が必要なのさ――」

「それが、お犬さまをやっていた老人ですか？」

「ああ。しかし、その老人が、どうやら死んだらしい――」

「死んだ？」

「病気か、老衰か……山𤟤に、ずっと、心を喰《く》われ続けていたからな――」

「では、母は……」

「山𤟤が、老人のかわりに、次の巫女にしようとしているのさ。おそらくな――」

「――」

「ただ、やつにも、人と関わる時には、やつらなりのルールのようなものがある。それが、契約さ」

「詳しいですね」

「ああいう連中を相手にするのが、おれの仕事だからな」

乱蔵が、そこまで言った時、左肩の上で、シャモンが薄目を開いた。

金緑色の瞳が現われた。

N:i:i:i:i:i:i……

細い声で、シャモンが鳴きあげた。
「始まったな……」
乱蔵が、ゆっくりと立ちあがった。
広一と、晴美が、不安そうな顔で立ちあがろうとするのを、
「動かないでいい」
乱蔵が、ふたりをとめた。
「ここは、おれひとりでやろう」
乱蔵が、視線を止めたのは、すぐ向こうの台所であった。
流しがあり、その流しの上——顔の高さにガラス窓があった。
外側に、アルミの格子が掛けられた窓だ。
用心のため、広一が取りつけたものだ。
そのアルミの格子を、下から伸びたものが摑《つか》んでいた。
家の中の灯りに、それが照らされている。
すぐには、それが何であるのか、広一にも晴美にもわからなかった。
それが、あまりにもかたちが崩れていたからだ。
それは、手であった。
人の手だ。
窓の下から伸びた人の手が、アルミの格子を摑んでいるのである。
それが何であるかわかった時、
「ひっ」
と晴美が息を呑んだ。
その手は、肉が、半分失くなっていた。
焼け爛《ただ》れて、指の骨が見えている。
その手が、ふたつになった。
下から、もう一本の手が伸びてきて、別の格子を摑んだのである。
その両手の間に、ゆっくりと、下から持ちあがってきたものがあった。
顔——
であった。

確かに人の顔に見えた。

しかし、その顔は、無残に焼け爛れ、形状をとどめていなかった。

髪も焼けてしまっている。

眼瞼《まぶた》が焼け、皮が落ち、煮えて濁《にご》った眼球が見えていた。

鼻は、爛れた肉の間に、ふたつの穴が見えるので、やっとそれとわかるくらいであった。

一番よくわかったのは——そもそも、それが見えていたからこそ、人の顔とわかったのだが、それは、歯であった。

上下の歯が、見えている。

「犬の老人だ」

乱蔵が言った。

高谷と加山に焼かれたはずの老人であった。

「屍体《したい》だ。屍体が動いているだけだ。焼かれようが、どうされようが、神経繊維が残っていれば、這ってでも動く……」

「し、し……」

坂田が、言葉を発しようとしているのだが、それが言葉にならない。

〃屍体が〃

と言おうとしているのか。

〃しかし〃

と言ってから、さらに何か言葉を続けようとしているのかわからない。

坂田の声は、震えていた。

乱蔵に、どう説明されようが、どう理屈をつけられようが、今、坂田広一と晴美が眼にしている光景は、あまりに凄まじすぎた。

山犭軍についで、多少知ったところで、このおぞましさが軽減されるものではなく、震えが止まるわけでもない。

顔は、さらに上に持ちあがり、横に首が傾いた。

歯が、アルミの格子を嚙んだ。

がちがちと、音をたてて、老人が格子を嚙む。

「気にするなと言っても無理か——」

このようなものを見ていたら、乱蔵はともかく、坂田夫婦はパニックを起こしてしまうだろう。

「おれが、あいつの動きを止めてこよう。二〜三時間もすれば、また動き出すかもしれないがな」

乱蔵は、玄関の土間から、ビブラム底のダナーのワークシューズを持ってくると、それを勝手口で履いた。

「おれが出たら、すぐに鍵を掛けておけ——」

戸を開いた。

「行ってくる」

外へ出て、後ろ手に戸を閉めた。

乱蔵の後ろで、戸に鍵を掛ける音がした。

34

ひんやりとした夜の大気が、乱蔵の肉体を包んだ。

乱蔵の目の前に、老人が立っていた。

焼けた肉の臭いと、腐臭が、固形物のように乱蔵の鼻の粘膜を叩いた。

老人は、全裸であった。

いや、コートのような布の切れ端が、身体の一部にひっかかってはいるらしい。

しかし、それも焼け焦げ、やっとそうとわかるくらいであった。

老人の身体全体が、火で炙《あぶ》られて、脂《あぶら》が滲《にじ》み出てきている。

老人の足元にわだかまっているのは、内臓のようであった。

内臓の方は、まだ、焼け焦げてはいない。

薄い腹の肉が焼けて崩れ、そこから内臓がこぼれ落ちてしまったらしい。

老人は、まだ、窓から部屋の中を覗いている。

Siiiiiiiiii……

シャモンが、乱蔵の左肩で、鋭く鳴きあげた。

白い、尖った歯が見える。

「いっきにいくぞ、シャモン」

乱蔵は、三歩で老人に歩み寄り、後方から、両掌《て》で老人の頭を挟んだ。

「吩《フン》！」

乱蔵が、太い唇を尖らせた。

老人の両眼、耳、鼻、口から、ふいに、どろりとしたタール状のものが溢れ出てきた。

シャモンが、老人の頭部に跳びついた。

老人の顔から出てきたタール状のものを、シャモンが食べ始める。

乱蔵が、掌を離した。

両掌が、いやな臭いのするもので濡れている。

次に、乱蔵は、老人の背に右掌をあて、

「哈《ハ》ッ！」

呼気を吐いた。

老人の胸の傷から、血とタール状のものが混ざった液体が迸《ほとばし》り、ばしゃりと窓の下の壁を叩いた。

「吩！」

「哈！」

乱蔵が、次々に老人の身体に手を当ててゆくと、その度に、老人から黒いタール状のものが出てゆく。

シャモンが、それを食べる。

ふいに、ずるずると、老人の身体がその場にくずおれていった。

窓の下の地面に、折りたたまれるようになって、老人の身体は動かなくなった。

とても、シャモンがすぐに食べきることのできる量ではなかった。

「済んだか――」

乱蔵が、そうつぶやいた時、

「ひいいっ」

という短い女の悲鳴があがった。

乱蔵は、窓を見やった。

さっきまで老人が覗いていた窓から、乱蔵が家の中を覗くと、そこで、事件が起こっていた。

なんと、布団の上に、美沙子が立ちあがっていたのである。

悲鳴は、晴美があげたものであった。

「いかん」

乱蔵は、勝手口の戸に駆け寄った。

戸に手を掛け開けようとする。

開かなかった。

つい今しがた、乱蔵が外へ出た時に、広一が閉めたのだ。

「開けるんだ。すぐに、この戸を開けてくれ——」

乱蔵は、戸を叩いた。

「開けるんだ、この戸を開けるんだ!!」

乱蔵は、叫んだ。

しかし、戸は、開かなかった。

戸の向こう——家の中からは、悲鳴が聴こえ続けている。

「むう」

乱蔵は、戸を叩くのをやめ、一歩、後方に退がった。

「かあっ」

右足で、乱蔵はおもいきり戸を蹴った。

戸が、その一撃で割れた。

しかし、まだ、乱蔵の巨体が通り抜けられるほどの大きさの隙間ができたわけではない。

「ちいっ」

「むんっ」

さらに、乱蔵が二撃、三撃と戸を蹴ってゆくと、ようやく乱蔵の巨体が通り抜けられるほどの隙間が空いた——というより、戸そのものが、すでに消失していたのである。

靴のまま、乱蔵は家の中に飛び込んだ。

広一も、晴美も、そこに立っていた。

広一が、晴美を、自分の後方に庇《かば》うようにして向きあっているのは、寝床の上に立ちあがった自分の母親であった。

乱蔵は、靴のまま床を走った。

広一の前に出る。

「もう、だいじょうぶだ」

そう声をかけた。

「お母さまが、お母さまが……」

晴美が、叫び続けている。

乱蔵は、そこに立って、美沙子を見やった。

美沙子が、その眼を開き、乱蔵を見つめていた。

「あなた、誰？」

美沙子が、乱蔵に向かって言った。

「どうして、ここにいるの？」

美沙子は、妙な格好をしていた。

布団の上に、両足で立っていることは立っているのだが、腰のところから、身体が前に折れている。

両手こそ、下の布団に突いてはいないものの、ちょうど、犬が、二本の前肢を持ちあげて、後足二本で立ちあがりかけた時の、あの姿勢であった。

「九十九乱蔵って者《もん》さ。息子さんに頼まれて、あんたを治しにやってきたんだよ」

乱蔵は言った。

「治す？」

「お犬さまをやったんだろう？」

乱蔵が問うと、

「ふーっ！」

美沙子が、擦過音の強い呼気を吐いた。

美沙子の左右の眼球が、ぐるり、ぐるりと動いて白目になった。

唇の端から涎《よだれ》が流れ出している。

「ぶずっ」

美沙子が、その口で、声とも音ともつかないものを発音しはじめた。

「ぶずずずもぶぶぶぶずゆる」

「ずぶぶぶぞずずずずぶよる」

「むもももんむむむむゑる」

それを発音するたびに、唇から唾が跳んだ。

「来てるぞ」

乱蔵が言った。

「奴が、近くに来ている」

どこだ?

場所は、ひとつしかなかった。

勝手口だ。

乱蔵自身が、今、蹴破《けやぶ》ってきたところだ。

なんと頭のいい奴か。

奴に、謀《はか》られたのだ。

わざと、あの老人の屍体を動かし、乱蔵をいったん外へ誘い出したのだ。

〝おれが出たら、すぐに鍵を掛けておけ〟

その声を、聴かれたのだ。

それで、乱蔵が外へ出た後で、母親の美沙子を、山猫は起きあがらせたのであろう。

老人の屍体を動かした時は、まだ、向こうも様子をうかがうつもりだったのであろう。老人を操作したのは、家の中に混乱を生じさせるのが目的であったのだろう。


そこで、乱蔵が外へ出ることを知った。

それを利用したのだ。

乱蔵が外へ出たところで、美沙子を動かしたのだ。

戸には、鍵が掛かっている。

そこで、家の中で騒ぎを起こせば、広一にも、その妻にも、その鍵を開けている余裕がない。乱蔵は戸を壊して家の中に入って来ざるを得ない。

狡猾《こうかつ》な奴であった。

しゃあああっ!!

畳の上にいたシャモンが、声をあげた。

尾が立ちあがって、先がふたつにわかれている。

勝手口の方へ、眼をやった。

奴が、いた。

黒い、もの。

犬に、似ていた。

しかし、犬ではない。

人に、似ていた。

しかし、人でないもの。

すでに、それは、家の中に入っていた。

それは、二本足で立ち、鬼火のように両眼を光らせて、乱蔵を、そして美沙子を見ていた。

美沙子の眼に、黒眸《くろめ》がもどっていた。

しかし、その焦点は合っていない。

とろん、とした眸で、それを眺めている。

着ていたものが、はだけていた。

両手を突いて、四つん這いになった。

尻を持ちあげる。

肉づきの良い尻が、露わになった。

美沙子は、両手両足で歩を進めながら、それに近づいてゆく。

その口からは、大量の唾液がこぼれている。

舌が、これほど長くなると思えぬほど、外に出て垂れ下がっていた。

その舌先からも、唾液はこぼれている。

「広一さん――」

乱蔵は言った。

「あんたたちは、何があっても、こいつにちょっかいを出しちゃいけない。何もしない。それが身を守る方法だ」

乱蔵は、言いながらジーンズのポケットに手を突っ込んで、ランドクルーザーのキーを取り出した。

それを、広一に向かって放り投げる。

宙で、広一がそれを受け取った。

「外に、おれの車が停まっている。それにふたりで乗って、エンジンを掛けて待っていてくれ。すぐに行く。運転席とドアを開けておいてくれればいい」

「わ、わかった」

「急げ」

言った時には、もう、乱蔵は動いていた。

前へ出て、山𤟤の頭部を、真横から蹴った。

いやな音がした。

湿った泥の入った袋を打つような音だ。

ぐねっ、
と、山𤟤の首が曲がった。

しかし、骨が折れたのではない。
山猫に、骨は存在しないからだ。
山猫が、右に傾いたままの首で、吼《ほ》えた。
「HAAAAA!!」
乱蔵に、襲いかかってきた。
牙を持った顎《あぎと》が、乱蔵の肉にその牙先を打ち込もうとする。
その頭部を、乱蔵の両手が、摑むようにして挟んだ。
「哈《ハ》ッ！」
乱蔵の口から、鋭い呼気が洩れる。
どろり、
と溶けるように、山猫の頭部が消失した。
しかし、まだ、山猫は動くのをやめない。
山猫の両腕は、乱蔵の首を摑んでいる。
と——
山猫の胸のあたりの肉——獣毛が下から盛りあがってきた。
もこり、
もこり、
とそれが動く。
胸のその部分に、山猫の燃えるような眼と、顎《あぎと》が出現した。
その顎が、乱蔵に嚙みついてくる。
膝で、山猫の腹を蹴り離すようにして、乱蔵は距離をとった。
その時——
「きいいいいっ！」
声をあげて、走り寄ってくる者がいた。
美沙子であった。
台所から摑み出してきたのだろう。
両手に出刃包丁を握っていた。
それで、身体ごと乱蔵を突いてきたのである。
それを躱《かわ》しながら、乱蔵は、美沙子の後頭部を手で軽く叩いた。
美沙子は、うつ伏せに倒れて、動かなくなった。

広一には、見せたくない光景だ。

先に、外へ出しておいてよかった。

美沙子は、脳震盪《のうしんとう》を起こして気絶している。

これで、山犭軍といえども、美沙子を操ることはできない。

「おい」

乱蔵は、山犭軍に声をかけた。

「人の言葉がわかるんだろう」

わかるはずであった。

わかるからこそ、人の願いを聴き、それを実行してきたのだ。

わかるからこそ、美沙子を守るために、ここへやってきたのだ。

「おまえの主人があぶなくなったんで、それで、こっちへやってきたんだろう?」

乱蔵に、襲いかかろうとしていた山犭軍の動きが止まりかける。

やはり、聴こえているのだ。

「もう、女に、危険はない。女に危害を加えようとした奴は、おれが始末した」

山犭軍の動きが、止まった。

やはり聴こえているのだ。

言葉がわかるのである。

「こっちへ来て、おれが、ここにいることに気づいたんだろう。それから、おまえは、もうひとつ、気がついた。女に植えつけておいた契約、それが消えていることにだ」

「――」

山犭軍は沈黙している。

しかし、それは、乱蔵の言っていることを肯定する沈黙であった。

「どうしたのか、どうなったのか、もう一度、女の身体に契約の〝しるし〟を植えつけねばならない――それでやってきたんだろう?」

「――」

「女の身体から契約の〝しるし〟を落としたのは、

このおれだよ」

乱蔵が言うと、

「SHAAAAAA!」

山猩が牙をむき出しにした。

いいぞ。

山猩が怒っている。

乱蔵は、山猩に飛びつき、両手で胸を突いた。

「かあっ!!」

両掌から、気を迸《ほとばし》らせた。

体内で、気を練り上げ、丹田に溜め、それを、纏《てん》糸勁《しけい》で踵からあがってきた力に乗せて、掌を当てるのと同時にそこから外へ送り出す。

山猩の顔に当った。

山猩の顔がへこみ、歪んだ。

山猩が大きく後方に飛んだ。

その瞬間に、乱蔵は、美沙子の身体を抱えあげた。

疾《はし》る。

自らが壊した戸をくぐり、外へ跳び出した。


シャモンが、後ろから、走っている乱蔵の腰へ跳びついた。背を駆けあがり、シャモンが乱蔵の左肩に乗った。

後ろ向きだ。

後方を向いたシャモンが、体毛を逆立てた。

立ちあがった体毛の表面で、青白い光が踊った。

シャモンが、興奮しているのである。

後方を、シャモンが睨んでいる。

乱蔵がくぐった戸口から、山猩が這い出てくるところであった。

まだ、その顔が胸のところに生えている。

その顔が、歪んだままだ。

逃げてゆく乱蔵を、視認した。

「SHOOOOOO!!」

山猩が、乱蔵を追って疾り出した。

月光の中を山猩が走る。

異様な姿だ。

乱蔵は、ランドクルーザーにたどりついていた。

運転席のドアが開いている。

後部座席に、広一の妻が座り、助手席に広一が座っている。

「後ろのドアを！」

走りながら乱蔵が叫ぶ。

広一の妻が、後部座席のドアを開いた。

そこから、乱蔵が美沙子の身体を放り込むようにして、座席に置いた。

運転席に乗り込み、ドアを閉める。

その時には、もう、後部座席のドアも閉まっている。

安全ベルトを締めている間はない。

クラッチを踏み、ギアをローに叩き込む。

ヘッドライトを点けた。

闇の中に、眠っていた猛獣が両眼を見開くように、かっと、ヘッドライトの灯りが、夜の風景を叩く。

アクセルを踏む。

エンジンをふかす。

そこへ、正面から山𤢖が飛びついてきた。
山𤢖の牙が、フロントガラスを齧《かじ》る。
もう、ランドクルーザーは動き出していた。
小石と土を跳ね飛ばしながら、ランドクルーザーが回ってゆく。
出口を向いたところで、乱蔵が、おもいきりアクセルを踏んだ。
ランドクルーザーが、跳びあがるようにして加速した。
山𤢖が、ボンネットの上から転げ落ちた。
ランドクルーザーが、細い土の道をいっきに走り抜けて、アスファルト道路に出た。
ぐん、
と、さらにランドクルーザーのスピードがあがる。
凄い勢いで、ランドクルーザーが走り始めた。
「どこへ行くんです？」
助手席にいた広一が、乱蔵に訊ねてきた。
「さっきまで、おれがいたところさ」

乱蔵は言った。

「武藤の屋敷だ」

35

「ひとつ、提案があるんだけどね、武藤さん――」

乱蔵は、深ぶかとソファーに腰を下ろすなり、そう言った。

「なんだい、その提案ってのは？」

武藤が、訊ねた。

武藤は、しばらく前より、多少は落ち着きがもどっている様子であった。

向かい側のソファーに、武藤は、病葉多聞と共に腰を下ろしている。

立っているのは、四人――いずれも、組の連中である。乱蔵が、この屋敷を出た時よりも、少し人数が増えている。

「いや、その提案のことを聴かせてもらう前に教えてくれ、あっちはどうだったんだい？」

武藤が訊きなおした。

「無事だよ、三人ともね。あんたが送りつけたやつらがどうなったかは知らないけどね――」

「さっき、連絡があった。どうやら、生命だけはあるみたいだよ。さんざんな目にあったようだがな」

「生きてたか――」

「で、あの坂田の三人は？」

「もう、あの家にはいないよ」

「どこにいるんだい？」

「言えないね。また、つまらんことをあんたが考えないとも限らないからね」

「そりゃそうだ」

武藤は、煙草を取り出し、それを口に咥えた。

立っていた男のひとりが、駆け寄って火を点ける。

一服吸い込み、煙を吐き出して、

「で、その提案てのは？」

「あんたの生命が助かる方法だよ」

「そりゃ、ありがたい」

「病葉さん――」

　乱蔵は、武藤の横に座っている病葉多聞に視線を向けた。

「なんだね、九十九《つくも》くん」

　病葉多聞は、それまで黙っていたのだが、ようやく口を開いた。

「これからおれが言うことで、間違っていたり、嘘をついていると思うようなことがあったら、遠慮なく言ってもらいたいんだよ。それならば、武藤さんも、おれが口にしていることが本当だとわかるだろうからね」

「かまわんよ。言われなくとも、そうするつもりだよ」

　病葉多聞は、表情を変えることなく言った。

　乱蔵は、両手の太い指を組み、あらためて武藤を見やった。

「あの犬――山𤢖は、まだ、生きてるよ」

「生きてる?」

「前にも言ったが、おれたちが生きてるという意味の生きてるとは違うけどね。彼等が生きてゆくには、おれたちのような生命が必要だが、彼等は、生命体とはちょっと違うんだよ。厳密に言うのなら、存在している――と言った方がいいんだろうけどね――」

「それで?」

「契約は、まだ、生きている」

　乱蔵が言うと、武藤は、沈黙した。

　乱蔵が口にしたことの意味が、よくわかっているということだ。武藤は、煙草を灰皿の上で揉《も》み消した。

「やつを、殺す――存在をやめさせることはできないのか?」

　武藤の声が、少し震えた。

「できるが、難しい……」

　乱蔵が言うと、武藤は病葉多聞を見た。

「その通りだよ」

多聞が答える。

「わかり易《やす》いのは、やつの存在形式を変えてやることだ」

「存在形式を変える?」

「うむ」

「どういうことだ」

「やつは、今、祟《たた》り神だ。それを、そこらにいる、ただの神にしてしまう。少し、もったいないけどね」

「もったいない?」

「ああなるまでには、この天地の間の気が凝ってから、千年二千年——どれだけの時間がかかったのかと思うとね」

言われた武藤は、また、多聞を見やった。

多聞が無言でうなずいた。

「人が信仰するから、人が願いごとをするから、あのような存在が生まれるのさ。人が、何も思わず、何も願わなければ、あのような連中は生まれない——」

「——」

「まあ、神とか、ああいった連中は、ある意味では、〝モナリザ〟だな」

「〝モナリザ〟って、あの——」

「レオナルド・ダ・ヴィンチが描いた絵だよ」

「何のことを言っているのかね」

「神も、美も、その存在形式は似ているってことだよ」

「なに!?」

「美というのは、人がそこにそれを見いだすから存在するんだよ。人の視線——いや、人でなくたっていい。意志を持った視線があって、初めて、そこに美が生ずる。夕焼けが美しいと言っても、それを見る者が存在しなければ、そこに美は存在しない。ただ、光のスペクトルの現象がそこにあるだけだ——」

「——」

「神もそうだ。あの、山犭軍もね」

多聞がうなずく。

「何年も、何百年も、何千年も、人が祈ることによって、少しずつ、その時代その時代の人の意志に合わせながら、つまり、ある意味では進化しながら、やつらは存在を続けてゆくんだよ。彼らは、人が作ったものだ……」

「それが、あんたの提案かね、九十九さん」

武藤が言った。

「違うよ」

「わたしの生命が助かる方法があると、あんたは言った。それを教えてもらおうか——」

「それはね、あんたが、あの親子に心から謝ることだよ」

「謝る？」

「そうだよ。謝まり、彼らの望む通りにする。それで、〝お犬さま〟をやった美沙子さんの気持が少しでも柔らぐようなことがあれば、契約の変更もあり得るかもしれないということさ」

武藤が、また、多聞を見やった。

多聞がうなずく。

「何を謝まるんだい。身に覚えのないことを謝れというのかい」

「それじゃあ、だめだな」

「彼らが、わたしがやった覚えのないことを認めろと言って、わたしが、生命おしさにそれを認めて謝ったら、今度は、わたしは身に覚えのないことで、警察の厄介にならなくてはならなくなってしまうだろう」

「あんたの考えは、わかったよ。ただ、提案だけはさせてもらおう」

「いいよ、続けたまえ」

「山犭軍が、今、必要としているのは、依代《よりしろ》だよ」

「依代？」

「今も言ったろう。自分を信仰する者がいるから、奴は存在できるんだ。つまり、奴は、仕事が必要なんだよ。本能的に、奴はこれまでと同様に仕事を続けようとするんだ。〃お犬さま〃を、これからも、奴は続けようとするってことだ」

「だろうね」

うなずいたのは、多聞であった。

「そのために、依代とでも言うべき人間、仕事をとってくる窓口が奴には必要なんだ」

「――」

「その窓口をやってた老人は、もう、死んでしまったからね、次のを、奴は捜さなけりゃならない。それが、今、美沙子さんというわけなのさ」

「それで――」

「さっき、武藤さんに提案したこととも繋《つな》がるんだけどね、美沙子さんに代る依代を、奴のために用意することができればと、おれは思ってるんだよ」

「それと、おれのことと、どういう関係があるんだい――」

「仮にだよ、その新しい〃窓口〃となった人間しだいでは、契約を新しくできるかもしれないってことだよ」

乱蔵は言った。

「できるのかい、そんなことが？」

「できるよ」

乱蔵が答えると、

「どうなんだい」

武藤は、乱蔵から病葉多聞に視線を移した。

「ま、できなくはない」

病葉多聞が言った。

「どうするんだ」

「今の依代を殺せばいい」

「しかし、あの女を殺したところで、契約は残るんじゃないのかい」

「まあね。しかし、奴があんたを殺す前に、誰か代りの者が依代になって、契約を変えてしまえばいい」

「なんだ、そんないい方法があったのか」

「依代になる人間がいればだ」

「いるさ。うちの若い者《もん》に、なれと言えばいい」

「無理にはできないぜ」

乱蔵が、途中で口を挟んだ。

「次の依代になる人間が、無理やりそんなことをやらされたら、かえって、あんたの身がやばいことになるかもしれねえぜ」

「何故だ」

「そいつが、あんたを恨んだりすれば、あらためて、あんたを仕事にするかもしれない」

「仕事？」

「お犬さまで、またねらわれるかもしれないってことだよ」

「九十九さん、わたしらの稼業を舐めてもらっちゃ困る。拳銃《チャカ》を渡して、誰かの命《タマ》をとってこいと言えば、身体を張ってとりに行くんだよ。仮にも親と子の盃を交したら、親父にそんなことをする奴はいないんだよ。なあ、岩上——」

武藤は、ドアの傍に立っている男に視線をやって言った。

岩上と呼ばれた男は、眼を左右に動かし、唇を舐めた。

声が喉につまっているかのように、唾を呑み込んだ。

「そうだよな、岩上——」

「は、はい」

掠《かす》れた声で、岩上はうなずいた。

「決まったよ。九十九さん、その役は、そこの岩上がやってくれるよ」

「いいのかい、あんた？」

乱蔵が、岩上に眼をやると、その額に汗が浮いていた。

「やります。自分に、その役、やらせて下さい——」

「震えてるぜ」

乱蔵が言った通り、岩上の身体は小さく震えていた。

「やります」

岩上は言ったが、その声もまた小さく震えていた。

「しかし、どうやってやるんだい？」

武藤が言った。

「まず、奴を捕える」

「そんなことができるのかい」

「ああ。殺すことはできなくとも、捕えることはできる」

「どうやって？」

「餌をまいて、奴をおびき出す。言ってなかったかい」

「おれを、囮《おとり》にしたって話だね」

「そうだよ」

「それで、捕えた奴に依代をつけてやるってえわけか」

「まあね」

「その後はどうするんだい。そいつは、一生、お犬さまをやってくことになるのかい？」

「いいや。あらためて、おれが、憑いた山犭軍を落としてやるさ」

「落とされた山犭軍はどうなるんだい？」

「リリースさ」

「リリース？」

「返してやるんだよ。どこかで、また、似たようなことを誰かに憑いて始めるかもしれないけどね」

「ふうん」

「提案は、もうひとつある」

乱蔵は、あらたまった声で言った。

「これを言っとかないと、フェアじゃないから、言っとくけどね」

「なんだい」

「奴を捕えるところまでは同じだ。しかし、その後が少し違う」

「どう違うんだい」

「奴をね、捕えた後、誰かに憑かせたりしないで、無害な神にしてしまうんだ」

「できるのかい、そんなことが」

「たぶんね」

「外へ、おっ放して、それで大丈夫なのかい？」

「また、何百年か、千年たてば、似たようなものになるかもしれないけれどね。その頃には、もう、あんたは生きちゃいない」

「なかなか、いいじゃないか」

「しかし、多少のリスクがある」

「リスク？」

「こちらでは、無害にしたと思い込んでいても、やつがまだ、どこかで仕事のことを覚えていることもあり得るということさ――」

「というと？」

「武藤さんが生きてるうちに、何か、いやなことが起こるかもしれないってことだ」

「たとえば？」

「何かのひょうしに、犬に噛まれたり、追っかけられたり――」

「やだね、それは――」

「もうひとつ、これはおれの個人的なことなんだけどね」

「というと？」

「これも、前に言ったけどね。やっとここまで育った山⿰犭軍を、そこらにいるただの神のようなものにしてしまうのは、どうにも惜《お》しいってことだよ」

「ふうん……」

「ああいうものがね、ひとつふたつある方が、おもしろみがあるってことだ。おれのメシの種でもあるしね」

乱蔵が言い終えた時、

「九十九くん、わたしにも、ひとつ提案があるんだがね――」

声をかけてきたのは、病葉多聞であった。

「へえ」

「山⿰犭軍を、そこの岩上くんに憑かせるという件なんだけどね――」

病葉多聞がそこまで言った時、高い声があがった。

「き、来たっ」

部屋の隅で、モニターの画面を見ていた、安川という男があげた声であった。

「来やがった、奴だ！」

その声に、一同の視線がそのモニターに集まった。

門の前に設置されたカメラが操っている映像が、そのモニターには映し出されていた。

そのモニターの画像——門の前に、一頭の黒い犬がいた。

いや、犬というのは、正確ではないかもしれない。犬に似たもの、というのが、正直なところだ。

四つ足で、犬のように立ってはいるが、その姿が、どことなく歪《いび》つであった。人が、無理に四つん這いになって、そんなかたちをとっているとも見えなくはないが、それが、人ではないことも明らかであった。

その全身を、黒い体毛が覆っており、耳も人のそれとは違っていた。

犬が、カメラを見あげた。

人に似た顔が、モニターの画面に映し出された。

しかし、むろん、人の顔ではない。

人にしては、犬のような鼻であり、犬にしては、人のような鼻だ。眼も、口も、歯も同様であった。

「九十九くん、わたしの提案は、後でいい。この山狎を捕えてからにしよう」

画面を見ながら、病葉多聞が言った。

「ええ」

乱蔵がうなずいた。

「ここで、捕えるのでいいのだね」

病葉多聞が言った。

「やっぱり、気づいてたのかい」

「そりゃあ、わかるさ。この部屋の窓だけ、結界が張られてないからね。きみがもどってこなかったら、ちょうどいいから、奴を捕える役を、このわたしがやるつもりだった」

「な、な、なんだと!?」

武藤の声が高くなっている。

実際に、山猫が現われたのを見ると、さすがに緊張するのであろう。

「もう、面倒な手間ははぶいた。奴が門から入ってくることができるよう、結界を解いてある」

乱蔵は、モニターを眺めながら言った。

画面の中で、ふいに、山猫が二本足でひょいと立ちあがった。

そして、鉄の扉を登りはじめた。

門の扉自体は木製であった。

その扉に、鉄の板が鋲《びょう》で留めてあるのである。

その鋲の小さな出っ張りを、人とも犬ともつかない手足の指でつまみながら、扉の表面を登ってくる。

上までやってくると、するりと内側の闇の中へ跳び降りていた。


「誰も、外に出ている者はいないんだろうな」

乱蔵が訊ねると、

「ああ」

武藤が乾いた声でうなずく。

どのモニターも、今は、山猫の姿を映してはいない。

「消えたぞ。奴は、どこからやってくるんだ──」

「そこだと言ったろう」

乱蔵は、四角い顎を、窓に向かって小さくしゃくってみせた。

窓ガラスに、銃の弾丸が付けた穴が、三っつ空いている。

しばらく前に、窓の外に現われた山猫に、たまらず発砲した時にできた穴だ。

そこでは、欅《けやき》の枝が静かに風に揺れている。

すでに、夜半の二時をまわっていた。

「病葉さん、奴が入ってきたら、二〇秒でいい、奴を止めてくれ。その間に、おれが奴を動けなくする」

「わかった」

乱蔵が望んでいることを、全て承知しているらしく、病葉多聞は、どういう質問もしなかった。

「お、おれはどうすればいい？」

武藤が、震える声で言った。

「そこを動かないでくれ。逃げたりはするなよ」

「わ、わかった」

「他の者たちは、何もするな。恐かったり、もしも銃を使ってしまいそうだったりするなら、この部屋から出て行ってくれ」

乱蔵が言ったが、部屋を出てゆく者はなかった。

岩上が、ごくりと、音をたてて、唾を呑み込んだ。

「来た……」

乱蔵が、低い声で囁《ささや》いた。

窓の外、風に小さく揺れる枝の上に、山猫がうずくまって、青く光る眼を部屋の中に向けていた。

乱蔵の左肩の上で眠っていたシャモンが、小さく眼を開いていた。

尾が立ちあがり、その先が、双つに割れていた。

「しゃあああ……」

浅く口を開き、白い細い牙と赤い舌を覗かせて、シャモンが細く鳴きあげていた。

「病葉さん」

乱蔵は、言いながら、ジーンズの尻ポケットに右手を突っ込んで何かを取り出した。

「何だ？」

「こいつを使ってくれ」

乱蔵は、取り出したものを、病葉多聞に向かって放り投げた。

病葉多聞が、それを宙で摑む。

折りたたまれた紙であった。その紙の中に、何かがたたみ込まれているらしく、膨らんでいる。

病葉多聞がそれを開くと、中に、動物の毛が入っていた。

「これは？」

「狼の体毛さ。あんたの腕を、信用してないわけじゃないが、それがあった方がやりやすいだろうと思ってね」

「使わせてもらおう」

病葉多聞は、右手のステッキを握りなおし、その先を、左手の中にある狼の体毛に押しあてて、小さく口の中で何か唱えはじめた。

しかし、その視線は、窓の外の山犴を見つめている。

唱え終えて、乱蔵にそれを投げて返してよこした。

「おまえさんも、必要なんだろう」

「ああ」

乱蔵は、宙でたたんだ紙を受け取り、それを左手に持った。

「もともとは、ただの気だったものだが、今は、犬の性《たち》が強いものになっている。充分に効き目があるだろう」

病葉多聞が言った時、木の枝から、山犴が宙に飛んだ。

べったりと、山犴が部屋の窓枠に張りついた。

獣毛が生えた腹、不気味に曲がった四肢が、部屋の灯りを受けて、よく見える。

青く光る眸《め》が、部屋の中をねめまわしている。

「いよいよ、本体のお出ましだ。もともと、本体が動くことはあまりない。他の犬を使ってやらせていたのだが、九十九くんに邪魔をされて、本人が来たってわけだ――」

病葉多聞の唇には、どこかこの事態を楽しんでいるような笑みが浮いている。

銃弾で、穴の空いた箇所を、山犴のピンク色の舌が、ぞろりぞろりと舐めあげる。

牙をあて、嚙んだ。

ぱりん。

ぱりん。

嚙むたびに、ガラスが割れて、穴が大きくなってゆく。

舌が、ガラスで切れて、まだ残っているガラスに、赤黒い色をした液体が傷口から流れ落ちて這う。

「ち、血だ。やつも傷つくのか!?」

岩上が、震える声で言う。

「本物じゃない。擬態のようなものだ。惑わされるんじゃねえぜ」

乱蔵が言った。

すでに、岩上も、この山⿰犭軍が、銃で撃たれて平気だったところを目《ま》のあたりにしている。

乱蔵の言葉を否定できない。

しゅうう……

しゅうう……

ガラスの割れた箇所から、生臭い息が入ってくる。

まだ、誰も逃げ出さない。

山⿰犭軍が、ガラスの割れたところから、頭を突っ込んできた。

鼻先が入り、顎が入り——しかし、それが途中でつかえる。頭部の方が、穴より大きいからだ。

ぱりん。

ぱりん。

と、さらにガラスが割れて、頭部が中に入ってくる。ついに、頭の全てが中に入った。

ぶぞぞぞぞ……

ぶぞぞぞぞ……

涎を散らしながら、山⿰犭軍が生臭い呼気を吐く。

こんどは、肩がつかえた。

つかえているのは、ガラスにではない。ガラスはほとんど窓枠から落ちている。今は、山⿰犭軍の身体が窓枠そのものにつかえているのである。

と——

不気味なことがおこった。

山⿰犭軍の肩の部分が、ふいに、小さくすぼまりはじめたのである。肩が小さくすぼまって、じわりじわりと窓枠をくぐり抜け、その後、こちら側の部屋で、また膨らんでゆくのである。

ヒルやタコが、自分の身体より小さな穴をくぐり抜けてゆくのに似ていた。

肩の次が、腕とも前肢ともつかぬ部分が。

そして、全身が。

「こ、こんな、こんな化物におれは……」

岩上が、後方に退がった。

「まず、おれからだ」

乱蔵が前に出た。

まるで、軟体動物のように、山犽は窓をくぐり抜け、床に降り立った。

あむむむむむ!!

あむむむむむ!!

山犽が、首を左右に振って吼えた。

歓喜の雄叫《おたけ》びのようにも聴こえた。

すぐそこに、これまでねらってきた相手がいる。

あとは、その相手をこの世から抹殺《まっさつ》するだけでいい。

「つ、九十九くん――」

裏返った、高い声を武藤があげた。

武藤の顔がひきつっていた。

山犽は、武藤の周囲に誰がいて、何をしようとしているのか、そんなこともまるで気がついていないのか、気がついていて無視しているのか。

かあっ。

と、自分の身体も飲み込めそうなほど、山犽の口が上下左右に開いた。

山犽が、ふいに、凄い疾《はや》さで動いた。

恐怖のあまり、ソファーから腰を浮かせた武藤に向かって跳びかかった。

それは、乱蔵の巨体が動くのと、ほとんど同時であった。

乱蔵は、すでに、自分の体内に気を溜めていた。

右足の踵を床にあて、そこを小さくねじる。

足首、ふくらはぎ、膝、太股、腰、腹、胸、肩、腕、肘、手首、掌《て》――

そのねじれを大きくそだてながら、気の螺旋《らせん》を体内で練りあげ、伸ばした掌にそれを乗せて、打ち出した。

太極拳でいう纏絲勁《てんしけい》に、体内で練りあげた気を合わせて、山狎の身体を打ったのである。

ぱあん。

と、はじけたような音がした。

山狎の動きが、一瞬止まった。

「まかせたぜ、病葉さん。二〇秒だ」

乱蔵は言った。

「おう」

と応えて、病葉多聞は、持っていたステッキを、山狎の足元の床にあてて、それを横に動かした。

そこに、目に見えぬ線が引かれたのである。

すうっと、ステッキが持ちあげられ、その先端が、山狎の額に押しあてられた。

山狎が、それをいやがって、首を左右に振った。

しかし、額に触れているステッキの先端は、そこに吸いついたように離れない。

山狎が、額にステッキをあてられたまま、狂おしく身をよじる。

乱蔵は、床に、狼の毛を置きながら、口の中で何か唱えている。

一カ所。

二カ所。

「思ったより強い。二〇秒もたぬかもしれん――」

病葉多聞が言う。

三カ所。

四カ所。

乱蔵が、山狎の周囲の床――四隅《よすみ》に、狼の毛を置いて、そこに、小さな結界を作ったのである。

十七秒――

それを確認して、ようやく病葉多聞は、山狎の額からステッキの先端を離した。

うしゅるるるる……

ぐしゅるるる……

山狎は、首を振りたくって、結界内から出ようとするが、出られない。

「済んだぜ、病葉さん」

乱蔵は、額に浮いた汗を、右手の太い人差し指で、軽くぬぐって、

「あと、二〇分か三〇分は、こいつをここに閉じ込めておくことはできるだろう」

そう言った。

乱蔵が作ったのは、言わば、結界の檻であった。

これで、山𤢖は、自らの意志でこの結界を越えることはできない。しかし、これほど近い距離の結界だと、やがて、山𤢖の内部にこの結界に対する耐性が増して、いずれは結界としての効力が失《う》せてしまうであろう。

たとえば、案山子《かかし》――というのも、一種の結界を作る装置である。雀が、人を見れば近寄ってこないという性質を利用して結界を作り、稲を守るためのものだ。しかし、雀がその案山子に慣れてしまい、無害なものであるとわかってくるにしたがって、その効力が失われてくる。

それと同様のことがおこるのだ。

その効力を、乱蔵は二〇分から三〇分と踏んだのである。

ステッキを床について、病葉多聞は、しげしげと山𤢖を眺めた。

「みごとなものだねえ、九十九くん。このような生命とはまた別のものを、この地球の進化が生み出したのだからね」

生命に見つめられることによって進化してゆく存在――これは、そういうものだ。

「見る者によって、見えたり見えなかったりする、微弱なやつではない。なかなかなものではないか――」

意志も、性格も存在するのに、生命ではないもの。

スピンもするし、速度も持っているのに、質量だけがない、そういう極小の粒子のようなものだ。

見つめること、観測することによってのみ、そこに存在するもの。

「能書きはいい。あと、どれだけ時間があるんだ。その時間の間に、こいつを岩上に憑《とりつ》かせるんじゃないのか。急げ」

武藤が、汗を額にてからせながら言った。

岩上は、がくがくと膝を震わせている。

「岩上、しゃきっとしろ。ここは、ふたりの先生方におまかせするんだ」

岩上は、動かない。

「お、おれは……」

かちかちと歯を鳴らしながら、岩上は言った。

「おれは……」

「何だ、岩上。びびっとるのか。さっき、このおれにやると言ったのは嘘か。ここで男になって見せい」

「そのことなんだがね、武藤さん……」

病葉多聞が、そこまで言いかけた時、

「く、糞！」

岩上が、拳銃を引き抜き、それを、山犭軍に向けていた。

「お、おれはいやだ。こ、この役目、おろさせてもらう」

「無駄じゃ。山犭軍は死なん」

病葉多聞が言った。

「それなら、そ、それなら……」

「なんじゃ、こら」

武藤が声を荒らげた時、岩上は、銃口をいきなり武藤に向けて引き鉄を引いていた。

武藤の額に穴があき、後頭部から、ばしゃりと血が噴き出した。

くしゃりと、潰れるようにそこにうずくまって、武藤は動かなくなった。

「死ぬ方を殺《や》りゃあいいんだ。死ぬ方をやりゃあ」

岩上が、拳銃を放り投げて、泣き出した。

誰も、動かなかった。

その時——

「どういうことだ、これは——」

声がした。

ドアが開いており、そこに、病院にいるはずの島津が立っていた。

首と、頭部に包帯が巻かれていて、松葉杖をついていた。

「何があったんだ⁉」

島津は、部屋の中を見回した。

組員がいて、岩上が泣きじゃくっている。

乱蔵がいて、病葉多聞がいる。

そして、窓に近い場所で、山猑が猛《たけ》っている。

「いろいろあったんだよ、今ここでな」

乱蔵が言った。

「ここにいる連中と、別の部屋へ行って、どう始末をつけるか、相談をしておくんだな。それは、わしらが聴かぬ方がいいだろう」

病葉多聞は言った。

「そうしよう」

島津はうなずき、

「その化物は？」

「あんたらが、話をしている間に、おれたちがなんとかしておこう。こいつがいなかったことにできるようにな」

乱蔵が言った。

「わかった……」

島津がうなずいた。

36

その部屋に、生物学的な意味での呼吸をしている者は、ふたりきりであった。

九十九乱蔵と、病葉多聞——

武藤の屍体が転がっているが、息はしていない。

あとは、シャモンと山猑がいるだけだ。

他に、部屋に誰もいなくなってから、

「さて、どうするかね、九十九くん」

病葉多聞が言った。

「さっき、何か言いかけていたな」

「ひとつ、提案しようと思っていたことがあってね。それがうまくいけば、武藤さんも死なずに済んだと思うんだが、ちょっと遅かった――」

「何だい、その提案てのは？」

「この山猫だが、わたしがもらうわけにはいかないかね」

「もらう？」

「もったいないだろう、九十九くん。きみには、こいつの価値がわかるはずだ。このままこいつを無害なものにしてしまう手はないと思うんだがね」

「どういうことだい？」

「もともと、今度の依頼を受けたのも、こいつが欲しかったからさ。わたしもね、あんたのその肩の上にいるもののようなものを持ちたいんだ」

「シャモンは、おれの持ちものじゃないよ。ただこいつが勝手にくっついてきているだけだ」

「わかってるよ」

「で、どうするんだい。こいつを、自分に憑かせて、あんたが依代になろうってのかい――」

「ちょっと、違うね。似てるけど」

「どう違う」

「やつがわたしに憑くんじゃない。わたしがやつに憑くんだよ」

「あんたが憑く!?」

「そうだよ。かまわんだろう」

「坂田の家に、もう、何もおこらないっていうんなら、おれに文句はない」

「じゃ、決まりだ」

病葉多聞は、ステッキを床に転がして、着ているものを、そこで脱ぎはじめた。

「どうするんだい」

「こいつと、やるんだよ」

「やる？」

「こいつは、どうやら、契約の時にやるみたいだからね。ま、いずれにしろ原初的な欲望を契約に使うってのは、わかりやすいだろう？」

病葉多聞は、着ているものを脱ぎ捨て、そこに立った。

やや腹が出ており、その下から屹立《きつりつ》したものが反り返っている。

「こいつには、雄《オス》も雌《メス》もない。相手次第で自由に性が変化するんだ。そんなことは、言わなくても九十九くんにはわかってるよね」

言いながら、病葉多聞が、結界に向かって歩いてゆく。

「ほうら、見てごらん、九十九くん。やつはもう、わたしが何をしたいかわかっているようだよ」

乱蔵を見やりながら、病葉多聞は嗤った。

結界の中で、山犽の姿が、少しずつ変化をしていた。

山犽の胸のあたりに、丸みを帯びたものが出現し、ゆっくりと膨らみ始めていた。乳房であった。しかし、その乳房は、人のそれに似てはいるものの、同じではない。しかも、数が六つつあった。

その姿形も、人間の女のようになってゆく。

しかし、もちろんそれが人間であるわけはない。

犬とも、人の女ともつかぬものだ。

山犽は、人の言葉がわかる。

病葉多聞と乱蔵が話しているのを聴いて、今、自分に近づいてくる人間が何を望んでいるのかわかったのであろう。

それに、山犽が応えているのである。

「九十九くん、見たければ、見物してゆくかい？」

病葉多聞が言った。

「やめとこう」

乱蔵は言った。

「いずれ、また会おう、九十九くん」

そう言って、病葉多聞が結界の中に足を踏み入れた時、乱蔵はもう背を向けていた。

ドアを閉めた時に、銃声がした。

一発だった。

階下からだ。

ゆっくりと階段を降りてゆくと、階下の床に、岩上が、仰向けになって倒れていた。

頭から血を流し、右手に銃を握っていた。

皆が、岩上を囲んでいた。

乱蔵が階下に降りると、島津がこっちを見た。

「岩上が、組長《おやじ》と口論して、組長を撃った。その後で、自分で頭を撃って自殺した——」

「わかった」

乱蔵は言った。

「そっちの方は？」

島津が訊いた。

「病葉多聞にまかせてきた」

「済んだのか？」

「まだ、その最中だよ」

乱蔵は、ドアに向かって歩き、ノブに手をかけた。

「毎晩、死ぬまでいやな夢を見たかったら、見に行くといい」

乱蔵は、後方を振り返って、そう言った。

二階へあがってゆく者はいなかった。

乱蔵の左肩の上で、何か喰いそこねたものがあるように、シャモンが不満そうな声で細く鳴いた。

ドアを開いて、乱蔵は外に出た。

ひんやりとした夜気が、気持ちよかった。

媼《おう》

Y A M I G A R I S H I　S E R I E S

媼(おう)

秦《しん》の穆公《ぼくこう》のとき、陳倉《ちんそう》(陝西省《せんせい》)の住民が、土のなかから妙な物を掘り出した。それは羊に似ているが羊ともちがうし、豚に似ているが豚ともちがう。穆公に献上しようと、綱でひいて行く途中、二人の子供に出会った。子供は、

「これは媼《おう》という名です。いつも土の中にいて、死者の脳みそを食べているんです。もし殺したいと思うなら、これの頭に柏《かしわ》を挿すといいですよ」

と言う。

『捜神記《そうしんき》』

プロローグ

初秋であった。

九月も半ばを過ぎている。

どうかすると、真夏日を思わせるような暑い陽《ひ》が差すこともあるが、季節は、はっきり秋に向かっていた。

一〇〇〇メートルに近い山の中では、特に秋の気配が濃い。

——夕刻。

吹いてくる風には、ひんやりとした秋の冷気が潜んでいる。

陽は、すでに山の端に没していた。

空にも大気の中にも、まだ陽光が残ってはいるが、クヌギやサワシバ、イヌシデに囲まれた山麓《さんろく》の雑木林の中には、薄闇《うすやみ》が忍び込んでいる。

林の中からも、陽が沈んだばかりの八ヶ岳のシルエットが見えている。

山が近い。

山の端に隠れはしたが、正確には、まだ陽が地平線に沈んだわけではない。山が近いために、その途中で陽が山に隠れてしまうのである。

濃さを増してゆく蒼《あお》い中天に浮かんだ雲には、まだ陽光が当っている。

雑木林の中で、ふたつの影が動いていた。

獣ではなく人の影である。

男がふたり——ひとりの男が、突き鍬《ぐわ》を両手に握り、それを地面に突きたてている。もうひとりの男が、それを横で眺めながら、時おり、あがってきた土を脇へのけているのである。

突き鍬を握っている男の方が年配であった。

年齢は四十歳くらいに見えた。

年配の男は、地下足袋をはいている。どちらかと言えば細身で、筋肉質の身体《からだ》つきをしていた。

もうひとりの男は、三十歳くらいである。足まわりは、地下足袋ではなく、スニーカーをはいていた。

地下足袋もスニーカーも、泥にまみれていた。

突き鍬を握った男は、シャツを肘《ひじ》までめくりあげている。その腕に力が入る度に、筋肉の束が、そこに浮きあがる。

突き鍬は、普通の鍬とは違っている。

鍬の形は、おおまかに言えば〝L〟字形をしているのだが、突き鍬は柄から、そのまま真《ま》っ直《す》ぐに金属部分が伸びているのである。

長い柄であった。

地面に立てたら、そこらの大人の身長以上はありそうだった。

男は、その鍬をあつかい慣れているらしかった。

深い穴の中から、湿った土が鍬によって次々にあがってくる。

自然薯《じねんじょ》を掘っているのである。

自然薯——山野に自生するナガイモのことである。

普通にはヤマイモと呼ばれているものだ。


ふたりの男の足元には、筵《むしろ》が丸めてあった。その筵の中には、すでにこれまで掘った自然薯がくるまっている。

筵の端から覗《のぞ》いているその数をかぞえると、十本以上はありそうであった。

湿った、山の土の匂《にお》いが、闇の中にこもっている。

血の匂いに似ていた。

山の肉を掘り返し、そのはらわたまで鍬の先でほじっているようであった。

周囲の闇が濃くなっている。

「どうだい?」

見ている若い方の男が言った。

「まだだ」

と掘っている男が答える。

ぶっきらぼうな言い方であった。

この林のすぐ下は、畑になっている。

その横手に道があり、そこにふたりが乗ってきた車が停《と》めてあるのだ。

ふたりが、自然薯を掘りに出かけてきたのは、その日の昼からである。山に入っておよそ半日近く、近辺の杉林や雑木林をうろついて自然薯を掘った。

陽が、山の端に入る前に帰ろうと、林の中をここまで下ってきた時に、若い男の方が自然薯の葉を見つけたのである。

車まではすぐ近くである。

二十分ほど下の畑まで降りれば、農道があり、その農道を下ればいいだけのことだ。

日が暮れてもすぐに暗くなるわけではない。歩くのに特別困難な場所ではないし、ヘッドランプの用意もある。以前、やはり自然薯を掘っている最中に、帰りが遅くなり、灯《あか》りがなくて、山の中の道を苦労して帰ったことがあるのだ。その時から、必ず山に入る時には灯りを用意することにしているのである。

最後の一本ということで、掘り始めたのであった。

「大きそうだな」

若い方の男が、また言った。

年配の男は答えない。

黙々と突き鍬を使っている。

かなり穴が深くなっている。

その奥で、金属が、木の根を断ち切りながら、土の中に潜り込む。

その音に、時おり乾いた堅い音が混じる。石に当っているのである。

——と。

ふいに、鍬の先が、ぼそりとそれまでとは違う音をたてた。

何か、土ではない別のものに、鍬の先が当ったのである。

石ではない。

木の根でもない。

もっと柔らかな感触のものだ。

鍬の先を動かして、軽くそれをいじる。

弾力のあるものであった。

年配の男は、手を止めて、穴の中を覗き込んだ。

暗い。やっと、穴の中を見てとれるが、とても中がどうなっているかまではわからない。

大きな穴ではない。

大人の頭がゆったりと入るくらいの穴なのである。

しかし、深さは一メートルを越えている。

「どうした？」

若い男が言った。

「何かいる」

と、年配の男は答えた。

その弾力のあるものにかぶさっている土を、突き鍬の先でどけた。

強い腐臭と獣臭が、穴の中から立ち昇ってきた。

「灯りを……」

と、年配の男が言った。

若い方の男が、ポケットから、ヘッドランプを取り出して、スイッチを入れた。

かなり強い光が、ヘッドランプから走る。

灯りが点《つ》いた途端に、暗さが急に増したようであった。

ヘッドランプを手に持って、若い男が、穴の中を照らした。

湿った土の奥に、何かが覗いていた。

土にまみれた獣毛であった。

「何だ!?」

ふたりは顔を見合わせた。

「犬か？」

犬にしては、こわそうな毛であった。

猪《いのしし》か、熊の毛のようである。

色はよくわからない。

濃い茶色か、黒に近い色であった。

誰《だれ》かが、犬か獣の屍体《したい》をこの場所に埋めたのかもしれなかった。

——しかし。

それにしては、今の手応《てごた》えは弾力があり過ぎた。

その弾力は生きている獣のそれであった。

埋められたとするなら、つい最近でなくてはならない。

――何だ？

と、年配の男は思った。

それが犬の屍骸《しがい》としても、埋められたのは最近ではない。

それは、ここを掘った男自身がよく承知している。

秋になりかけたとはいえ、まだ、下生えが生い繁っている場所であった。一週間や二週間で、あれだけの草が生えるとは思えなかった。

誰かが、巧妙に掘ったあとに草を植えたとすれば、表面は隠せよう。しかし、土の中までは無理である。

そこの土は、柔らかくなかった。

誰かが掘り返したのであれば、土が柔らかくなっていなければならない。

そこの土は、これまで掘ってきた場所と同程度には堅かったし、何よりも、途中で木の根を何度も突き鍬で断ち切っている。

誰かが埋めたとするなら、その時に根を切っている。

農道に出てから、十分も歩けば人家がある。

塩溜村《しおどめむら》である。

しばらく前まで土葬の風習が残っていた村で、その墓地はここからあまり遠くない所にあるはずであった。

飼っていた犬が死んで、それを、墓地からあまり遠くない山の中に埋めに来るようなことが仮にあったとしても、わざわざ根を切らぬように土だけ掘って埋めはすまい。

年配の男は、また鍬を動かしはじめた。

「お、おい――」

若い方の男が声をかける。

年配の男が、穴を広げ出したからである。

「この自然薯はいいよ。穴を埋めて帰ろう」

何の屍骸にしろ、そこから生えていた自然薯を食う気にはなれない。

しかし、年配の男は、穴を広げるのをやめようとしなかった。

　その埋まっている獣が、少しずつ姿を現わしてきた。

「これは――」

　若い方の男が、穴の中にヘッドランプの灯りを向けながら、息を呑《の》み込んだ。

　穴の中で、土にまみれたその獣が、ヘッドランプの光の輪の中に浮きあがっていた。

「むう」

　年配の男も、思わず後方に足を一歩引いていた。

「豚?」

「羊?」

　ふたりが、交互に声をあげた。

　それは、豚のようであった。

　しかし、それは豚ではなかった。

　それは、羊のようであった。

　しかし、それは羊ではなかった。

　どちらの特徴も有してはいたが、そのどちらでもないものであった。

　それには、角があった。

　一見、螺旋《らせん》状の羊の角に似ていた。

　いや、しかし、正確には、それは角と呼べるものなのかどうか――。

　その角に似たものは、豚に似た耳の中から、生え出ていたのである。

　鼻は、豚の鼻を、大きな石で何度も叩《たた》いて潰《つぶ》したような形状をしていた。

　大きさは、そこらの街角をうろついているノラ犬くらいのものであった。

　年配の男は、穴の中に、地下足袋をはいた足で下り、それに手を伸ばした。

　その手を引っこめる。

　見下ろしている自分より歳下の男を、年配の男は穴から見あげた。

「まだ、生きてる……」

　ぼそりとつぶやいた。

触れたばかりのその動物の温《ぬく》みが、まだ指先に残っていた。

年下の男が、後ずさった。

腐臭と獣臭とが濃くなっている。

顔をそむけたくなるほどであった。

「手をかせ」

と、年配の男が言った。

「手を？」

「こいつを上へ出す」

「どうするんですか」

「持ってかえる」

年配の男は言った。

奇妙な動物であった。

これまで見たこともないし、話にも聴いたことのない動物だ。

モグラのように地中で生活する動物なのかもしれないが、これだけ大きな動物が、土の中で自分が移動できるだけの穴をどうやって掘るのか――。

うまくゆけば金になる。

まだ、その動物にかぶさっている土を、年配の男は手で掻《か》きのけた。

興奮していた。

「ちっ」

年配の男は声をあげた。

土の中に隠れていた木の根が、右手の人差し指の爪《つめ》の間に潜り込んできたのである。

さきほど、穴を広げる時に、突き鍬で突いて切った根であった。その切り口が鋭角になっていて、興奮して土の中に潜らせた指先に、その切り口が刺さったのだ。

「痛《つ》う――」

指をしゃぶって、血の混じった赤い唾《つば》を土の上に吐いた。

血は止まらない。

その血が、獣の上に落ちる。

そのままその獣を抱えて、男は、獣を穴の外に出した。

　年下の男は、気味悪そうにその獣を見るばかりで、年配の男を手伝おうとはしなかった。

　年配の男は、ポケットから自分もヘッドランプを取り出して、頭につけた。

　奇妙な動物を、また腕に抱えた。

　強い腐臭と獣臭が、顔を打った。

「行くぞ――」

　年配の男が雑木林の中を歩き出した。

　両腕に、その獣を抱えている。

「待てよ――」

　年下の男が、自然薯をくるんだ筵と突き鍬を抱えて、年配の男の後を追った。

　夜になっていた。

　林から、畑の小径《こみち》に出ても、暗さは変わらなかった。

　年配の男は、奇妙な感触を腕の中に覚えていた。

　獣の身体が温かい。

　しかし、温かいのに、どこかおかしいのだ。

　生きているものを抱いているという気がしないのだ。

　弾力があるのに、その弾力には芯《しん》がなかった。

　この毛皮の内側には、肉がつまっているだけで、骨がないのではないかと思えた。

　そして、何よりもおかしかったのは、獣が呼吸をしていないことであった。

　これだけ、相手の身体に触れている面積が多ければ、どのように微《かす》かな呼吸であろうと、していればそれが伝わってくる。

　その伝わってくるものがないのだ。

　ふいに、腕の中で、その獣がびくりと動いた。

　全身に、鳥肌の立つような不気味な動きであった。

　毛皮の内側に、ぎっしりと無数の蛇がつまっていて、その蛇が、それぞれの身体を、同時にまったく別々の方向に動かしたようであった。

「ひっ」

男は思わず声をあげていた。
獣が下に落ちていた。
落ちた獣が、畑の土の上に、四つの足で立っていた。
「う⁉」
ヘッドランプの灯りの中で、獣が、年配の男を下から見あげていた。
瞳《ひとみ》のない、血を溜《た》めたような真っ赤な眼であった。
すうっと、その獣が、土の中に沈み始めた。
「ああ——」
見ている間にも、その獣の身体はもう、半分近くも沈んでいる。
年配の男は、手を伸ばしかけた。
その指先が、空気を掻いた。
獣の姿が消えていた。
「どこだ⁉」
年配の男は、土の上に膝を突いた。
傷ついて血が出ているのもかまわず、指で、そこの土を掘った。
土は土であった。
獣の姿はなかった。
その獣がいたのを証明するように、指先に触れる土には、まだ温もりがあった。

1

秋の気配が濃くなった林道を、一台の車が走っていた。
赤いフェアレディZである。
夜であった。
雨が降っている。
このような雨の林道を走るには不似合な車である。
舗装された道ではない。
あちこちに、岩や木の根が顔を出している。
それが、車の底をこすらないのが不思議なくらいであった。

車のあつかいがうまいのである。

ヘッドライトに浮かぶ路面の凹凸を、器用に避けながら走っているのである。

左右は、杉の林であった。

林道と林との境目に、雑草が繁っている。その所どころに、芒《すすき》や熊笹《くまざさ》の群落がある。

片側に寄りすぎると、車体を濡《ぬ》れた草がこする。

強い雨ではないが、急ハンドルを切ると、後輪が横滑りをする。

運転をしているのは、まだ若い男であった。
二十二、三歳の、眼つきの鋭い男である。
その横に、女が座っている。

二十歳をやっと過ぎたくらいの、髪を肩まで垂らした女であった。

白いブラウスの上に、黒いベストを着ていた。

金の鎖の付いたペンダントが、その黒いベストの上で揺れている。

濃い目の化粧が、実際の年齢以上に女を見せている。

定員が二名の車である。

フロントグラスに、太い雨粒が次々に張りついてくる。

ワイパーがそれを左右にはらう。

女は、上気した顔で前方の闇を見つめていた。

杉に囲まれた、まがりくねったトンネルのような道であった。

頭上の半分を、左右から張り出した杉の梢《こずえ》が塞《ふさ》いでいる。

どこまで走っても、似たような闇が包んでいる。

その闇をほじくりながら、車は山の中へと潜ってゆくようであった。

帰りのはずなのに、さらに深い山の内部にむかっているような気がする。

カーステレオから流れているのは、古いジャズのナンバーである。音をしぼってあるため、ペットの音もサックスの音も、ひどく遠くの物音のような気がする。

ライブ盤であるらしく、時おり拍手が聴こえてきたりするが、それが心地良く耳をくすぐってくる。

秋本真由美——それが女の名前であった。

真由美の身体には、まだ余韻が残っていた。

顔が赤いのは、化粧が濃いためばかりではない。運転している若い男とは、今日の夕刻に知り合った。

長野県の松本駅の前で声をかけられたのだ。

土曜から日曜にかけて、信州を旅行してまわり、中央線で帰ろうとして、あずさの切符を買いそびれた時である。

特急のあずさは、全《すべ》て満席になっているからと駅員に言われたのだ。

その時声をかけてきたのが、横でハンドルを握っているこの男だった。

「新宿まで行くのかい——」

と、その男——青木英二は言った。

整った顔だちの男であった。

右手に、今、駅の売店で買ったばかりらしい週刊誌を持っていた。

「ええ」

と、真由美は答えた。

「車で東京から来てるんだ。よかったらおれの車に乗ってくかい」

それがきっかけである。

中央高速に入ってしまうと、うまいものがないかと英二が言い、諏訪《すわ》で食事をした。

しかし、食事が終って再び走り出してからも、英二は車を高速に入れなかった。

真由美も、英二が何を考えているかはわかっていた。

モーテルを捜しているのである。

食事の間に、はっきり口にこそ出さなかったが、互いの気持の確認は済んでいる。

「誰にでもああやって声をかけるの?」

と、真由美は訊《き》いた。

君が好みのタイプだったからだと、英二は答えた。

次に英二が訊いた。

「声をかけられたら、誰にでもついていくのかい」

あなたが好みのタイプだったからよと、真由美は答えた。

本音だった。

媚《こび》を溜めた眼で、英二を見つめた。

その時に、もう心の準備はできていた。

最初に入ろうとしたモーテルが満室で、次に入ろうとしたモーテルも満室であった。

そこで、二〇号線から出たのである。

どちらへ抜けても山である。

最初は、空いているモーテルを捜すつもりが、いつの間にか林道に入っていた。そのまま車で林道をつめて、人気のない林の中へ車を乗り入れて、甘美な時間を過ごしたのであった。

「あら——」

と、真由美が声をあげたのは、大きなカーブを右に曲がった時であった。

「人が立ってるわ」

前方の林道の右側に、ひとりの男が立っていたのである。

繁る芒の中に、埋もれるようにして、車の方を見ていた。

車が近づくと、男は、無表情な顔で片手をあげた。停まってくれと言っているらしい。

「ね」

と、真由美が言った時には、フェアレディZはその男の脇《わき》を通り抜けていた。

「どうして停まってあげないの?」

真由美は言った。

「どうせ、乗せてくれってことさ。でも、これはふたり乗りだぜ」

「だって——」

「むこうだって、通り過ぎた時に、ふたり乗りだってことは見てるさ。どうしても停まって欲しかったら、道路の真ん中に出て手を振ってるよ。街の中ならともかく、こんな場所で、知らない男を乗せるのはやばいからな」

英二が言った。

「でも……」

と、後方を振り向いた真由美の顔が、強張《こわば》っていた。

後方の窓に、今、通り過ぎてきたばかりの男の顔が、闇をバックに張りついていたからである。

真由美は、悲鳴をあげていた。

「どうした」

「あ、あのひと——」

真由美は口に手をあてて言った。

英二は後方をバックミラーで見た。

その顔が、やはりぎょっとなった。

バックミラーの中に、あの男の顔を見たからであった。

しかし、男は、決して、窓のガラスに顔を押しつけているわけではなかった。

車のすぐ後方を走っているのである。

ナンバープレートを照らす灯りと、後部の赤い光に下から照らされて、無表情な男の顔が浮きあがって見えている。

無表情なだけに、凄《すご》い顔であった。

その顔が、上下に動いている。

英二は、ぞっと、背の毛を立ちあがらせていた。

アクセルを踏んだ。

フェアレディZのスピードがあがった。

フロントグラスに叩きつけてくる雨滴の量が増した。

もはや、人が走ってついてこられるスピードではない。

時速四〇キロから四五キロになっている。

陸上競技の選手の中には、一〇〇メートルを一〇秒たらずで走る人間もいる。平均時速にして、三六キロメートルである。瞬間的には、もっと速いスピードが出ているのだろうが、ここは、トラックではないのだ。

道にはくぼみがあり、石や木の根が露出したりしているのである。

その道を、四五キロという車のスピードに合わせて走って来られる人間はいない。

英二は、眼をぎらつかせて、バックミラーに眼を走らせた。

そこには、さっきと同じ表情の顔があった。

顔が上下するリズムが、さっきよりも早くなっている程度である。

英二は、さらにアクセルを踏んだ。

もう、ハンドルテクニックで、石や木の根をかわしている余裕はない。

カーブであった。

がつん、と、車の腹に堅いものがぶつかった。

石がこすったのだ。

水泥を、地面からこそぎとりながら、後部のタイヤが左に流れた。

急ブレーキを踏んだ。

車体が回転した。

ざっ、とボディが路肩の芒をなぎ倒した。激しいショックが車にあった。

胸を、ハンドルにぶつけていた。

真由美の悲鳴。

後部バンパーの角を、杉の幹にぶつけて、車が停まっていた。

「くそっ」

ギヤをロウにぶち込んで、英二はアクセルを踏み込んだ。

エンジンの回転数が、いっきにあがる。

しかし、車は前に進まなかった。

「くうっ!?」

呻いた。

バックミラーに眼をやった。

そこに、あの顔があった。

男は、芒のなかから、凝《じ》っと、英二を見つめていた。

英二は、さらにアクセルを踏み込んだ。

車は動かない。

タイヤが回っているのは感触でわかる。

何故動かないのか。

「ゆ、揺れてるわ!」

真由美が叫んで、英二にしがみついてきた。

車が、小さく上下に揺れていた。

——地震!?

いや、地震ではなかった。

追ってきた男が、後部バンパーに手をかけて、車体を持ちあげているのである。

後輪が浮きあがり、空転しているため、車が前に進まないのだ。

信じられない腕力であった。

後部のみとはいえ、人間が、素手で、車を持ちあげられるものなのか——。

バックミラーに、男の顔が見えている。

雨に濡れた髪が、額に張りついていた。

にんまりと、男が笑った。

車体の左側——林の中に半分入っている側が、ぐうっと持ちあがった。

「ひいっ」

ついに、英二の唇から悲鳴が洩《も》れた。

天と地とが逆になった。

車を、ひっくり返されたのである。

英二が、続いて真由美が、車の中から這《は》い出してきた。

真由美の額が切れて、血が流れ出していた。這い出てはきたが、脚ががくがくと小刻みに震えて立ちあがれない。

「うう、ああ——」

何かしゃべりたいらしいのだが、真由美の唇から洩れるのは、意味をなさない声だけであった。

「く、くそっ！」

さすがに英二は立ちあがっていた。

折り目のついたズボンも、シャツも、濡れた泥にまみれていた。

英二が、その右手に、金属光を放つものを握っていた。ナイフだ。

ヘッドライトは、まだ点いていた。

灯りが、斜めに横手の林と芒に当り、その照り返しの灯りが、英二が右手に握った金属に鈍く反射していた。

大ぶりの登山ナイフであった。

その金属の表面に、たちまち雨滴が吸いついてゆく。

道の中央に、男が立っていた。

中肉中背の、どこにでもいる男だ。その男が、ただ、凝っと立って英二を見ている。

「き、き、きき——」

きさま、と言いたいのだが、その言葉が英二の唇から出てこない。

ふいに、男が英二に向かって歩き出した。

女は、すでに、這いずりながら、三メートルも先に進んでいる。

英二も、逃げたかった。

しかし、逃げられない。足がすくんでいるのである。逃げるため、背を向けた途端に、その男が襲いかかってくるような気がした。

立って、ナイフを構えるのがせいいっぱいであった。

歯をくいしばっている。

力を込めてないと、がちがちと歯が鳴ってしまうのである。

すぐ眼の前に男が迫っていた。

「きひいっ！」

声をあげて、英二はナイフを振った。

男が近づいてくるのを、とても待ってはいられなかった。

その恐怖が、距離を読み違えさせた。

ナイフの先は、男よりも三〇センチも手前の空を切った。

そのナイフの動きが、途中で止まっていた。

ナイフを握った右手の手首を、男の左手がつかんでいたのである。

あっと思う間もなかった。

ナイフを握った右手の甲を、男の右手が握った。

無造作にひねった。

みちっ！

みちっ！

と、いう音がした。

瞬間、英二には何が起こったのかわからなかった。

痛みを感じているヒマさえなかった。

自分の右腕の先から、それまであったはずの右手首が消えていたのだ。

ナイフを握っていた右手は、男の右手の中に握られていた。その手は、まだナイフを握っていた。


男が、あっさりと英二の右手をちぎったのである。

赤いものが、細い棒のように自分の右手首から吹き出ているのが見えた。

血であった。

その血が、地に落ち、たちまち雨に溶けてゆく。

左手で塞いでも塞いでも、指の間から血が流れ落ちてゆく。

白い骨が、見えている。

英二は、声をあげてないていた。

子供のような声であった。

あまりの激痛と恐怖とで、知能が退行してしまっているのである。

母親を捜すような視線を、宙にさまよわせた。

その視界を、男の顔が塞いだ。

いっそう激しく泣き出した英二の頭を、優しく撫《な》でようとでもするように、男の手が包んだ。

ねじられた。

自分の首の中心部あたりで、ごきりという音がしたのを、英二は聴いた。

男の風景が斜めになっていた。

どうして斜めなのか。

どうして男が見えなくなったのか。

自分の首が、今、どんな格好にねじまがっているのか、英二にはむろんわからない。見えなくなった男を捜そうと視線を動かした。

視界が、暗黒に変わった。

真由美は、ただ、ひたすら這って逃げていた。手からも、膝からも血が滲《にじ》んでいた。石や木の根でこすり、そこの皮膚が破けたのである。

ぬかるみの中を這った。

ずぶ濡れになっていた。

あずさに乗ればよかったんだと思った。

いい男なんかにまよわないで、切符を買い、自由席で立って帰ればよかったんだ。

これからでも遅くないのだ。

切符を買って新宿まで帰るのだ。

その時、真由美は、背後に物音を聴いた。

重い肉が、泥の中に倒れる音だ。

——何?

何の音?

そう思う。

いいや、振り返ることはないのだ。

振り返ったら、もう二度とほんとうに帰れなくなってしまいそうだった。

何があったのかは、わからないが、こういうことは男の人にまかせておけばいいのだ。

自分は、後ろを振り返らずに、駅に行って、切符を買うことだけを考えていればいいのだ。

這った。

白い太股《ふともも》が、露《あら》わになっていた。

濡れた肌に、濡れたスカートの薄い生地が張りついている。

ふいに、身体が前に進まなくなった。

どうしたのか。

手で地面を掻いても、膝《ひざ》に力を込めても、前に行かない。

動くのは両手と左脚だけだ。

石に、ひっかかったのかもしれない。

木の根と土との間に、足がはさまったのだ。

そうに違いない。

ならばはずさなくては。

ほんのちょっとだ。

手でそれをはずすほんの一瞬だけだ。

真由美は後方を振り向いた。

そして、悲鳴をあげた。

あの男が、しゃがんで真由美の右足首をつかみ、にんまりと笑っていたのである。

2

晴れた日の午後であった。

乾いた風が吹いている。

その風の中に、濃く稲の匂いが混じっている。

そのアスファルト道路の左右は、田圃《たんぼ》であった。

実りきった穂先が重く前に垂れ、風に揺れていた。

遠く、八ヶ岳が見えている。

西北に、標高二八九九メートルの赤岳から、阿《あ》弥《み》陀《だ》岳、権現岳、西岳と、八ヶ岳の連峰がそびえ、南には、南アルプスの峰々があった。

頂に近いあたりでは、すでに紅葉が始まりかけているらしかった。岩峰のすぐ下方の山肌が、どことなく色づいている。

もうひと月もすれば、その色がこの平野部にまで下りてくる。

眺めのよい道路であった。

その道路の横に、一台のワゴン車が停まっていた。

真っ直にではない、斜めに停まっている。それだけではなく、車体までが、左前方に傾いている。

アスファルト道路の端に造られた側溝に、そのワゴン車の左の前輪が落ちているのである。

後部と、ドアの所に、〝金子モータース〟と文字の入った車であった。

〝車の修理点検〟と、そのあとにある。

その車の前で、ジーンズをはいた二十歳くらいの男が、いまいましそうな顔で、その前輪を見つめていた。

車の後方のアスファルトの上に、ねじくれた筋が走っていた。

急ブレーキを踏んで、タイヤがゴムをそこにこすりつけた跡である。

つい今しがた落ちたばかりであるらしい。

時おり通る車も、その車の横を素通りしてゆく。

青年が声をかけようとしないのである。

青年の耳に、低く、重いエンジン音が、後方から響いてきた。

青年は、顔をあげた。

そのエンジン音が普通のエンジン音だったからではない。ディーゼルエンジンの音だったからである。

商売がら、そのくらいのことはわかる。

その車は、ディーゼルエンジン車であり、しかも、途中でスピードをゆるめたのである。そのことがエンジンの音でわかったのだ。

だから、青年は顔をあげたのだ。

ディーゼルエンジンの車ということは、つまり、それは、その車がバスやトラックではない限り、4WDの車である可能性が高かったからである。

4WD——四輪駆動車のことである。

長野県内では、ジープ型の四輪駆動車が多い。四輪駆動車は、雪道を走る時には、抜群の強さを発揮するからだ。特に、ペンションや民宿を経営している者にとっては必需品である。

青年は、顔見知りの、ペンションの経営者の誰かが通りかかったのかと考えたのである。たとえそうではなくても、ウィンチを装備している車ならば、そのウィンチで車を溝から出すことができる。

顔見知りではなくとも、ウィンチを装備した車の運転手は、こういったトラブルを起こしている車を見つけると、自分から車を停めてくれる場合が多いのだ。

濃いモスグリーンの、ランドクルーザーであった。

——BJ42V—MCM。

スマートになったニュータイプのランドクルーザーではない。旧タイプの、ごつい車体のランドクルーザーであった。

排気量三一六八cc、重量約二トン。

巨獣を思わせる容積を持った車であった。

ボディのあちこちに、傷やへこみがついている。

そのランドクルーザーが、青年の車を追い越して、左に寄って停車した。

運転席のドアが開いて、ひとりの男が、悠々と降りてきた。

巨漢であった。

常人とは桁違《けたちが》いの肉の量があった。

ランドクルーザーと並んでも見劣りがしない。

横に停車した鉄の塊りに匹敵する量感を、その肉体は秘めていた。

背が高い。

一九一センチあるランドクルーザーの屋根よりも、その男の身長はまだ高かった。

身長は二メートルを下るまい。

特大の樽《たる》のような体躯《たいく》をしていた。

岩のような男であった。

その男が、そうやってそこに立っているだけで、巨岩を前にしたような迫力が届いてくるのである。

洗いざらしのジーンズをはいていた。

そのジーンズの布地が包んでいる太股は、痩《や》せた女のウェストよりは、間違いなく太い。

上半身には、濃いモスグリーンのTシャツを着、その上に、無造作に革ジャンパーを着ていた。

特注品の革ジャンパーに違いない。

その男の上半身を収容しきれるジャンパーなど、

量産しても売れるわけはないからである。

新しい革ジャンパーではなかった。

ジーンズ同様に、すっかり、その男の肉体になじんでいる。

男は、その革ジャンパーの袖《そで》を無造作に裂いて、肘のあたりまでめくりあげていた。

その袖口から、丸太に似た太い腕が見えている。

首が太い。

木の根のようである。

その首の上に四角い顎《あご》があり、その上に太い唇があった。

鼻は、獅子鼻《ししばな》に近いが、決して不快な印象のものではない。

そのさらに上に、思いがけなく優しい光を溜めた眼があった。

眼を細め、その太い唇が微笑したら、さぞや魅力的であろうと思われた。

笑った顔を見てみたくなる、そんな貌《かお》だちをしていた。

山のような重いパワーと、不思議な静けさとを内に秘めた肉体であった。

ボディビルでできあがった肉体ではない。

胸は分厚かったが、極端な逆三角形をしているわけではなかった。

大男にありがちな、不自然に手足がひょろりとしているタイプでもなければ、肥満もしていない。

みごとなまでにバランスがとれているのである。

こうまで大きいと、眺めているだけで奇妙な感動さえ、覚えてしまう。

「金子モータースの人かい?」

と、その男が言った。

どうやら、ワゴン車のボディに書かれた文字を見て、車を停めたらしい。

「ああ」

と、青年が答えた。

「金子寿《ひさし》って人に会いたいんだけどね。知ってるかい」

巨漢が言った。

「おれだよ」

と、その青年――金子寿が答えた。

「あんたか――」

そう言いながら、巨漢は、金子の方に向かって歩いてきた。

初対面の人間に、ふいにあんたか、と言われて、それほど気にもならなかった。

この巨漢の言葉には、どこか人をほっとさせるような響きがこもっていたのである。

言葉はぶっきらぼうだが、口調はていねいであった。

「まだ、こっちの名前を言っていなかったっけ――」

巨漢が、金子寿に、自分の名をなのった。

九十九乱蔵《つくもらんぞう》――。

それが、その巨漢の名前であった。

「それは――」

寿が、眼の前に立った乱蔵を見上げて、声をあげた。

そして、ようやく、乱蔵の左肩に乗っている生き物について、気がついたようであった。

乱蔵の左肩に、一匹の猫が座っていた。

漆黒の猫であった。

大きさは、子猫ほどであったが、きちんと成獣の面構えをしていた。

妖《あや》しい光を放つ、燃えるような金緑色の瞳をしていた。

その瞳に見つめられると、昼間でも、一瞬ぞくりと震えが疾《はし》り抜けそうになる。

尾が、身体に比べて太い。

鋭い針に似た髯《ひげ》が生えている。

乱蔵が、シャモンと呼んでいる猫である。

漢字では沙門と書く。仏教で言う修行僧のことである。

ただの猫ではない。

霊喰いの、猫又である。

普通の食べものを喰《た》べないわけではないが、本来は霊喰いが専門なのだ。

乱蔵にくっついていれば、喰いっぱぐれはないと考えているらしく、常に乱蔵のそばにくっついている。

しかし、あまり乱蔵の役に立ったことはない。

危険が迫るとどこかへ姿を隠し、それが去った後で、またひょっこりと姿を現わすのである。

乱蔵とは、対等のつきあいをしているつもりらしかった。

乱蔵は、不思議な体質を持っている。

霊とか、気に好かれやすいのである。

そこらの雑霊や、たちのよくない気が、いつの間にか乱蔵に憑《とりつ》き、いつの間にかいなくなる。

特異体質なのだ。

知らぬ間に霊の方が勝手に成仏してしまうらしい。

もっとも、そのうちの何割かは、シャモンが喰ってしまうのだが——。

金子寿は、乱蔵の左肩のシャモンを見つめ、

「ちぇっ」

舌を鳴らした。

「猫かよ」

小さく顔をしかめた。

「どうした？」

と、乱蔵が訊いた。

「猫さ。猫のやつがいきなり飛び出してきやがったんだよ。それで、急ブレーキを踏んでハンドルを切ったら、こうなっちまったんだ——」

「へえ」

「ところで、おれに何か用かい？」

「ああ、ちょっと訊きたいことがあってね」

乱蔵が言った。

「いいよ。だけど、その前に、この車をなんとかしてもらえるとありがたいんだけどな。ウィンチが、その車にはついてたと思ったんだけど——」

「ウィンチはあるがね」

乱蔵は、側溝に落ちた前輪を眺めながら言った。

車の下を指差した。

「見ろよ。車軸が、溝の角に乗っちまってるだろ。ウィンチで無理に引っぱっても、車軸が傷《いた》むだけだな」

「そうか、駄目か――」

寿はうなずいた。

「クレーン車でも呼ぶのが確実だな。上に、手頃《てごろ》な木の枝でも出ていれば、なんとか、ワイヤーをその枝に回して、車の前を上に持ちあげてやれるんだが――」

田圃の真ん中の道で、樹は、所々にぽつんぽつんと生えているだけであった。

「話っていうのは何だい」

腹を決めたらしく、寿が訊いた。

「三日前のことさ」

乱蔵が言った。

「三日前？」

「この先の林道で、車がひっくり返っているのを、最初に見つけたのはあんたなんだろう？」

「ああ、あのフェアレディZのことかい」

「そうだ」

「その時のことを、聴かせてもらいたくてね――」

「もう、あちこちでしゃべったからな」

「新聞なら読んだよ。ただ、おれは、あんたの口からじかにそのことを聴きたくてね」

「あんた、刑事さん？」

寿が訊いた。

「刑事じゃあないんだが、似たような仕事かもしれないな」

「へえ……」

「聴かせてもらえるかい」

乱蔵が言うと、しばらく乱蔵の顔を見つめてから、寿が唇を開いた。

「たぶん、三日前の、朝七時くらいだったと思うな」

「七時？」

「ああ。おれ、毎朝、ラリーの練習で、だいたい同じ時間にあの林道をぶっ飛ばしてるんだよ。それで、あのあたりを通るのは、いつも七時くらいだったからさ――」

「うむ」

「その林道をつめて行ってね、途中のカーブを曲がった途端に、仰向けにひっくり返っているフェアレディZを見つけたんだよ。やばかったな。前の晩に、雨が降ってたからね。道がぬかっていてさ、もう少しでうちの車をぶつけるところだったな――」

「新聞では、どこにも人の姿は見えなかったと言ってたが……」

「見えなかったよ」

「運転手と、それから、少なくとももう一名は人がいたはずなんだが――」

乱蔵は、革ジャンパーのポケットから、金色の鎖の付いた、ペンダントを取り出した。

「ああ、それ、おれが現場で拾ったやつだよ」

「そうだよと言ってやりたいんだけどね。正確には少し違う」

「違う？」

「ああ。本物はまだ警察の方に保管されている。これは同タイプのものさ」

「何故、あんたがそんなのを持ってるんだよ」

寿の口調は、だいぶ気安いものになっている。

「同じペンダントを、持っていた人間がいたんだよ。姉妹でね。一緒に同じものを買ったんだ。ところが、妹の方が、今、行方不明でね。土曜日から日曜日にかけて、信州にひとりで旅行に出かけたんだが、月曜日になっても帰ってこないのさ。そしたら、その日の夕刊に、あんたが見つけたあの車のことが載ったんだよ。現場に、妹の持っていたペンダントが落ちていたっていうんでね――」

「その姉さんてのに、妹さんを捜すのを頼まれたのかい?」

「そんなとこさ」

「車の持ち主は、もう、わかってるんだろう?」

「青木英二っていう男の車さ。姉の方は、そんな名前の男、全然知らないと言ってるけどね」

「よくある話じゃないか。身内には黙って、男と一緒に旅行に行くっていうことはね」

「そうだな」

「出先でナンパされて、それで車に乗ったってことも考えられるし、まったくの別人だってこともある。同じタイプのペンダントを持ってる人間が、もうひとりいたって、おかしくないだろう?」

「そのペンダントも、このペンダントも、裏に誕生日の日付を入れてあるやつでね。間違いなく、妹さんのものさ――」

「そうか」

「今のところ、手懸りは、これだけでね――」

乱蔵は言った。


「それにしても、おかしな事故だよな」

寿が言う。

寿の言う通りであった。

まず、現場の状況が奇妙だった。

いくら、雨の日の泥道のカーブといっても、そう簡単に車がひっくり返ったりはしない。むろん、タイミングが合えば、ちょっと後輪が滑っただけでそうなることがあるが、そうちょくちょくあることではないのだ。

現場の状態から、車が一度横滑りしてから、横手の杉林の杉に、車体をぶつけたのまではわかっている。

ボディの凹みも、杉の幹の傷も、そのことを裏づけている。

明らかに、そこで車は一度は停まっている状況である。

仮に、停まらないで勢いが残っていたとしても、あのような状態ではひっくり返らない。勢いのついている前方へ、さらに車体が流れてゆくはずなのに、その傷のついた幹のある場所から、真横にひっくり返っているのである。

おかしなことはまだあった。

事故としても、現場にもどこにも、運転手がいないのである。

ケガで動けなければ、現場にいなければならないし、もし助けを呼びに歩いて行ったとするなら、もう、とっくに連絡がとれてなければならない。

しかし、男の家の方にも女の家の方にも何の連絡もなければ、どこの病院に電話を入れても、その心当りはないという。

考えられることはいくつかある。

誰かがたまたま現場を車で通りかかり、ケガをした運転手を、その車で運んだのだ。しかし、それにしても、もう三日も経っているのである。運ばれた先から連絡があってもおかしくはない。病院であれば、直接家の方にはなくとも、警察には電話が入る。

それがない。

もうひとつ考えられることがある。

誰かが、事故をしくんだのだ。

目的は誘拐である。

しかし、それならば、事故をよそおう必要はない。

別の可能性もある。ある人間が、たまたま事故現場を通りかかり、運転手と、同乗していたはずの女を助けたのだ。その人間が、病院かどこかへ運ぶ途中で気がかわり、その男が女を犯す。犯してから恐くなって、男も女も殺して埋めた。

想像するだけなら、そういうことまで考えられる。しかし、現実味は薄い。

何があったのか――。

おかしなことばかりであった。

おかしなことは、まだあった。

たったひとつだけ、雨にも流されず、現場に足跡が残っていたのである。

車が飛び込んだと思われる、林の中である。

ちょうど、車の後部バンパーがくるあたりであった。

そこに、一対の足跡があったのだ。

しかも、奇妙なことに、その足跡は、深く土の中に潜り込んでいたのである。

普通の体重の者なら、いくら雨で土が柔らかくなっているとはいえ、とてもそこまでは潜り込むまいと思われる深さである。

よほど重いもの、たとえば、車か何かを持ちあげたとしなければつかない足跡であった。しかも、その足跡は、林の中に入り込んだ車のバンパーに手をかけて、車を持ちあげようとするのにちょうどぴったりの場所であった。

運転手が、入り込んで動かなくなった車を道に出そうとして、そうしたのかもしれないが、とても、人の力ではそういう状態になった車を動かせるものではない。

「車を、人間がひっくり返せるわけはねえよなあ」

寿がつぶやいた。

「ま、普通は、そうさ——」

乱蔵が言った。

「あんたみたいに、身体がでっかいからって、簡単にはできないよな」

そう寿が言った時であった。

一台の乗用車がやってきて、寿の車の後方に停車した。

東京ナンバーの車であった。

三人の男が降りてきた。

そのうちのひとりは、サングラスをかけている。

「金子モータースの人はどっちだい？」

サングラスの男が言った。

「おれだけど——」

寿が答えた。

「金子寿っていうのに会いたいんだがね。おたくの身内かい」

「おれが本人スよ」

チンピラ風の男を見て、いくらか寿の口調が変わった。

「へえ、丁度よかったよ。あんたに話があるんだよ」

サングラスの男は、一瞬、乱蔵の巨体にたじろいだが、意を決したように乱蔵と寿の間に割って入ってきた。

そのサングラスの男の肩を、乱蔵の分厚い手が、ぽん、と叩いた。

「悪いな、話なら、おれの方が先口なんだ。すぐに済ませるから、ちょっとそこで待っててくれるかい」

乱蔵が言った。

「何だ、てめえ――」

サングラスのグラス越しにも、はっきりわかるほど、男の眼の光が変化した。こめかみのあたりがぴりぴりとしている。

常人よりもだいぶ、感情の沸点が低いらしい。

「聴こえなかったかい。おれが先口だと言ったんだよ」

「気をつけて、口をきけよ。おれは急いでるんだ」

「急いでるのは、おれも同じだぜ」

乱蔵が言った途端であった。

無言で、いきなり男が乱蔵の顔面に拳を叩きつけてきた。

分厚い左手で、乱蔵はその拳を受けた。

ぱん、と乾いた音がして、男の拳の勢いが、あっさりと乱蔵の掌の中に吸収された。

「ちいっ」

次に、男は、左足を跳ねあげてきた。

革靴の堅い爪先を、乱蔵のあばら骨の間にめり込ませようというつもりらしかった。

その蹴りを、靴ごと、乱蔵は宙で右掌の中に捕えていた。

今度は、それを握ったまま離さない。

右足一本で立ったまま、サングラスの男は倒れそうになった。

「やる気か」

「この——」

残ったふたりが、殺気立って身構えた時、車の中から、あらたな声が響いてきた。

「やめろ、銀《ぎん》。勝《まさる》も、猛《たけし》も手を出すな」

低いけれども、さからうことを許さぬ声であった。もの静かな言い方だったが、チンピラのどすを利かせた造り声よりも、よほど迫力があった。

「そちらが先口だ」

乱蔵が眼をやると、運転席の後ろの座席に、ひとりの男が座っていた。

その男が、窓を細めに開けて、声をかけてきたのである。

乱蔵と同じ、三十代の初めくらいと見える男であった。

濃い紺のスーツを着ていた。

急に、三人の男が、おとなしくなった。


乱蔵が手を放すと、サングラスの男——銀が、ふたりの男と一緒に、車の方に退《さ》がった。

「何ですか、あの連中——」

やや、口調をあらためて、寿が乱蔵に向かって問うた。

「おれと同じ用件だろうさ——」

「——」

「まあいいさ。用件を済ませておこう。ひとつ、聴かせてもらいたいんだが」

「はい」

「今度のことで、何かごちゃごちゃと言っている婆《ばあ》さんがいるらしいじゃないか」

「ああ、柿沼の——」

「柿沼というのか、その婆さん」

「柿沼は地名ですよ。この塩溜村では、一番上の山寄りの場所に住んでるんです。たしか、生田千代さんて言うんだったと思うけど——」

「何と言ってるんだ?」

「おかしなことですよ」

「おかしな?」

「ええ、でもおれからは言えませんよ。直接本人から聴くのが一番いいと思うな。柿沼の婆さん、しゃべりたがってるから、何でも話してくれますよ──」

寿は、乱蔵に向かって、その柿沼までの道筋を語った。

「すまなかったな、こんな場所で──」

乱蔵は言った。

そのまま、溝に落ちた寿のワゴン車のすぐ前まで歩いて行くと、そこに立ち止まった。

「お礼というほどのことじゃないんだが──」

腰を落として無造作に、車のバンパーの下に分厚い両手を差し込んだ。

「むう」

乱蔵の太い両腕の中に、筋肉の束が凝固した。

首にも、太い筋肉が浮きあがる。

ジャンパーに隠れた肩のあたりの筋肉も、ごりっと盛りあがっている。ジーンズの太股を包んだ生地が、ぱんぱんに張っていた。

「お、おい──」

寿が言った時、車がぐうっと上に浮きあがった。

溝に落ちていたタイヤが、アスファルト道路の上にまで持ちあがっている。

そのまま、乱蔵は、道路の中央寄りに、ワゴン車の前部を移動させて、下に降ろした。

大きく息を吐き出して、乱蔵が寿に向きなおった。

その唇に笑みが浮いていた。

惚《ほ》れぼれするような微笑だった。

「こんなとこかな」

乱蔵の胸が、数度、大きく前後に膨らんだり縮んだりしていたが、すぐにそれが静かなリズムにもどった。

寿は、大きく口を開いたまま乱蔵を見ていた。

「すげえ」

と、寿は言った。

「すげえよ、あんた!」

寿の声は、興奮していた。

「凄い腕力ですな」

声がした。

さきほど、車の中から、三人の男を静かにさせた男の声であった。

その男が、車から降りて、乱蔵の方を見ていた。

「青木英一郎です」

男が言った。

「九十九乱蔵だ」

「九十九さんですか」

「たしか、あのフェアレディZの持ち主が、青木英二だったと記憶しているが——」

「英二は私の弟です」

「父親が、東京で鬼龍会《きりゆうかい》というのをやっているという話だったな」

「会長の青木龍介は、わたしと英二の父です——」

「なるほど——」

「どうですかな、九十九さん?」

「どうとは?」

「あなたも、あの事故車の件で動いているのでしょう。ならば、もしかしたら、我々は協力しあえるのではないかということですよ——」

男——青木英一郎は、正面から乱蔵を見ながら言った。

3

ランドクルーザーのディーゼルエンジンが、重い唸《うな》り声をあげていた。

低い、獣の咆哮《ほうこう》に似ている。

急坂であった。

農道である。

この坂を登りつめた所に、宇崎春信《うざきはるのぶ》の家がある。

助手席に、金子寿が座っている。

山襞《やまひだ》ひとつ向こうにある、生田千代の家から、宇崎の家へ向かっている途中であった。

ランクルのすぐ後方から、青木英一郎の車がついてくる。

金子モータースは、生田千代の家へ向かう途中にあった。

金子モータースに自分の車を置き、寿は乱蔵のランクルに乗り込んだ。寿が案内役をかって出たのである。

青木英一郎の車も一緒であった。

生田千代の家に行ったが、千代はいなかった。

千代は、今年で六十歳になる。二十日くらい前まで、三十二歳になる息子の生田年男と一緒に暮らしていたが、ここ二十日ほど、年男が行方不明になっており、今は独り暮らしをしているはずであった。

その千代がいない。

玄関に鍵がかかっていなかった。

声をかけても人の出てくる気配はなく、台所の方で、ガスの火が燃える音がしていた。

寿が家の中に上り込んだ。

やかんが、火の上にかけっ放しになっていた。中の水はすっかり蒸発していて、空のやかんを、火がちりちりと音をたてて焼いていた。

そして、奇妙な肉の焼ける匂い。

それは、やかんの中から臭《にお》ってくるのである。大きなやかんであった。

寿が、火を止め、やかんの蓋《ふた》を開けた。

むっとする臭いが鼻をついた。

やかんの中を覗き込んで、寿は、思わず吐きそうになった。

やかんの中に、出刃包丁を握った右手首が入っていたのである。

手首は、すっかり煮えて、肉が白くなっていた。やかんの金属部分に触れている肉は、黒く焦げている。

まだ湯が入っているうちに、手首はその中に入れられ、湯が蒸発したものらしい。

全員がそれを見た。

金子寿は、顔をしかめて、後方へ退がった。

頰《ほお》がぴくぴく震えている。

銀も、勝も、猛も、喉《のど》の奥でひきつれたような音をたてた。

青木英一郎と乱蔵だけが表情をかえない。

——何があったのか。

金子寿は、震える手で水道の蛇口をひねり、そこから直接水を飲み、大きく息を吐き出した。

「ち、千代さんの手だ……」

金子寿が言った。

「わかるのか?」

青木英一郎が訊いた。

「あの、指輪に、見覚えがあります」

言ってから、乱蔵を見やり、

「け、警察へ——」

「いかん」

青木英一郎が言った。

「警察は後だ。おとしまえが必要な件に英二が巻き込まれているんなら、警察が出てくると話がややこしくなる」

青木英一郎は、乱蔵を見やり、

「あんたは?」

「おれも、同じ意見だが、彼に無理強《じ》いをするわけにはいかないぜ」

「い、いいです。心あたりがありますから、まず、そっちへ行ってみましょう。警察はその後でも——」

金子寿は言った。

「心あたりがあるのかい」

乱蔵が訊いた。

「宇崎さんの所へ行ってみましょう」

「何者だ、そいつ——」

青木英一郎に問われ、

「え、ええ」

金子寿は説明をした。

宇崎春信――千代は、長い間、その男を憎んでいたのだという。

宇崎は、千代の住む柿沼から、山襞ひとつ西へ行った所に住んでいた。

独り暮らしで、今年、四十三歳になる。

嫁をもらおうともしなければ、畑の面倒を見ようともしない。

先祖からの土地を、少しずつ切り売りして生活をたてているのである。

その宇崎と、千代の息子の年男が、どういうわけか仲がよかった。よく、一緒に自然薯を掘りに出かけたり、町に出かけたりする。年男も独身であった。

畑はたまにしか手伝わず、かといって、働きに出ようとするわけでもなかった。時おり、千代がたくわえた金を見つけ出しては、それを持ったままいなくなる。

長い時には、十日からひと月近くもいない時がある。

金を使いはたすまでもどってこないのである。それをとがめると、

「この糞婆《くそばば》あ――」

そう言って、母親である千代を足で蹴る。

どうしてこんなになってしまったのか?

宇崎がいけないのだと千代は思った。

宇崎のような男とつきあうから、年男が悪くなるのである。

近所の者と会う度に、千代はそのことを口にした。最近では、

「息子の年男を殺したのは宇崎だに」

そんなことまで言う。

二十日余り前、年男は、宇崎と自然薯を掘りに出かけたのだという。

夜になって帰ってきた年男は、奇妙なことを口にした。

自然薯を掘っていて、不思議な獣を地の中から掘り出したのだという。

羊とも豚ともつかない獣らしい。年男が、やめろととめるのもきかずに、宇崎がそれを掘り出して、抱えて帰った。その途中で、宇崎は、地面にその獣を落とした。

地面に落ちた途端にその獣は消えてしまったのだという。

そのことを、話しても、村の誰も信用しなかった。一緒に行った当人の宇崎でさえ、年男に問われて、何のことかわからないと答えている。

「ふたりで見たではないか」

と、年男がつめ寄ると、宇崎は年男を殴った。

そうこうするうちに、年男の姿が消えたのである。

村の人間は、また、金を見つけてどこかへ旅に出ているのだろう、と言った。

金がなくなれば帰ってくると。

だが、今回は金は失《な》くなってはいない。

「ちょっと――」

そう言って、ある日、年男は家を出たままになった。

これまでも、ちょっと、と言った時には、たいてい宇崎の所へ出かけている。だから、千代は宇崎の所へ電話を入れた。

宇崎は、年男など来ていないと言った。

嘘《うそ》だ、と千代は思った。

宇崎は嘘をついている。何故嘘をついているのかというと、宇崎が、年男を殺したからである。

では、何故、宇崎が年男を殺したのか。

それは、年男の口を塞ぐためだ。年男を殺し、あの獣を自分だけのものにするためなのだ。

行方不明になった年男は、宇崎が殺したのだ。だから、今回も、行方不明のフェアレディZの運転手は、宇崎が殺したのだ。

千代は、そういう論理を展開した。

次は自分が宇崎に殺されるはずだと千代は言った。

こんなことを言っている自分を、宇崎はうとましく思っている。だからそのうちに宇崎は自分を殺しにくる。

　自分を殺しにくる宇崎を捕えろと、わざわざ駐在所まで言いに行った。

　警官は、むろん、千代の言うことなど相手にしなかった。

　——しかし。

　現実に、千代がいなくなっている。

　千代の、出刃包丁を握った右手首が、やかんの中で煮られ、焦げていた。

　それで、宇崎の所へ行ってみようということになったのだ。

　乱蔵は、ランクルのハンドルを握りながら、奇妙なことになったと思った。

　最初は、ただの人捜しのつもりが、いつの間にか、自分が本業にしている仕事に関係ありそうな成り行きになっている。

　真由美の姉の、妙子から電話があったのが、昨日の朝であった。

志村沙枝子《さえこ》から、乱蔵のことを聴いたのだという。

　志村沙枝子は、安曇《あずみ》ガ原《はら》高原に小舎《こや》を建てて暮らしている志村丈太郎の娘である。

　加座間典善という方術士のあやつるくだぎつねに丈太郎が憑《とりつ》かれているのを、沙枝子の依頼でおとしてやったことがあるのだ。

　妙子は、沙枝子の友人だという。

　自分の妹が、信州へ出かけたまま帰って来ず、思いがけない山の中の林道の事故現場で、妹のペンダントだけが発見された。何があったのか、妹がどうなっているのかわからない。

　それで、信州のことに詳しい沙枝子に電話を入れ、乱蔵のことを教えられたのだ。

「妹を捜して下さい」

と、妙子は、乱蔵に言った。

　本来ならば、警察の仕事である。

　普通なら受けないのだが、沙枝子の紹介ということで来た依頼である。無下には断われなかった。

久しぶりに、志村丈太郎を訪ね、その帰りにでも、そのペンダントの見つかった現場へ行ってみるつもりになった。

あの時の加座間典善が、戸田幽岳《とだゆうがく》という稀有《けう》の霊能者にまねかれ、応霊山《おうりょうざん》で果てた(『蒼獣鬼』)ことも、丈太郎に伝えておこうと思ったのである。

その帰りであった。

久しぶりに、背がぞくぞくと冷たく煮えたつような感覚があった。

陽は、すでに大きく傾いていた。

もうすぐ、八ヶ岳のむこうに、陽は隠れようとしている。

今はまだ明るいが、陽が隠れれば、夜になるのは早い。

千代の家と同じように、下の村から離れて、ぽつんと宇崎春信の家は立っていた。

なだらかな山の斜面の一番奥に、その家はあった。

家の裏手から雑木林になり、すぐに斜面が急になっている。

家の前の庭へ、そのまま乱蔵はランクルで乗り入れた。すぐ後方に、青木英一郎の車が続いた。

家の中には、誰もいなかった。

玄関が土間になっており、そこの土間が、土で汚れていた。土間の土ではない。もっと別の場所の土であった。

土にまみれたスコップがひとつ、土間に転がっていた。スコップに付いている土と、土間を汚している土とは、同じものであった。

そして、そのスコップの金属部分に、ぞっとするような毛の束がからみついていた。

それは、皮膚ごと人の頭部からもぎとられた、血まみれの頭髪であった。

白髪が混じっていた。

それを見た時、とうとう、寿が吐いた。

「庭や、畑の土じゃないな」

乱蔵がつぶやいた。

「山か――」

そうして、乱蔵、青木英一郎、寿、銀、勝、猛の六人は、宇崎の家の、裏手の山へと入って行ったのである。

4

暗くなった時のために、ランクルにそなえてある懐中電灯をひとつ用意した。

それは、寿が持った。

「帰った方がいいぞ」

そういう乱蔵の言葉に首を振って、寿はメンバーに加わった。吐いたくせに、人一倍好奇心が強いらしい。この成りゆきを最後まで見届けねば損だと考えているのだろう。

スコップがひとつ。

地面を掘らねばならなくなった時のためであった。

それは、金子寿が持った。

「屍体を掘ることになるかもしれないぜ」

乱蔵が言うと、

「いいっスよ」

濡れたような赤い眼をして、寿は言った。

「このスコップ、いざという時には武器にもなりますからね」

出発した。

その跡を見つけたのは、乱蔵であった。

山に入ってから、四十分近く経った時、乱蔵が、ふいに足を止めたのである。

乱蔵の左横手の斜面にある土が、やけに生なましい色をしていた。

上に、枯れ葉をかぶせてカムフラージュしてはいるが、どこか不自然なものがそこにあるのだ。

「生の土の匂いだな」

乱蔵はつぶやいた。

そのまま放置された自然なままの土の匂いと、土中から掘り出した土の匂いとは違う。

乱蔵は、その違いを鼻で嗅《か》ぎわけていたのである。

乱蔵は、そこに立って、ダナーの、堅いビブラム張りのワークシューズの底で、その土を踏んだ。

周囲の土に比べて、そこの土が柔らかい。

「ここか――」

乱蔵がつぶやいた。

「勝、そこを掘ってみるんだ」

英一郎が言った。

勝が、寿からスコップを受け取り、そこを掘り始めた。

土の匂いが、急に濃くなった。

土が柔らかいため、掘り易かった。

寿が、手に持っていた灯りを点けた。

それが、真新しい土の色を浮きあがらせた。

次第に、何か、ぞっとするような禍々《まがまが》しい臭気が、土に混ざり始めていた。

「むっ」

と、英一郎が声をあげた。

今、勝がスコップですくったばかりの土の下から、白いものが現われたからであった。

人の指であった。

勝の、土をあげるピッチが早くなった。

やがて、そこから姿を現わしたのは、たまらないしろものであった。

男の顔と上半身であった。

肩に対して、奇妙な角度にその首が折れ曲がっていた。

一瞬、英一郎には、それが誰だかわからなかったらしい。

が、すぐに、英一郎はそれが誰であるのか気がついた。

「英二……」

と、英一郎はつぶやいた。

それは、歯をむいた英二の首であった。

英一郎が、すぐに、それが誰であるのかわからなかったのも無理はない。

英二の顔からは、きれいにふたつの眼球が消えていたのである。

そこは、ぽかりと空いた、黒い穴になっていた。

「ぐうっ」

言葉にならない声をあげ、英一郎が、弟の頭を抱えあげた。

肩と、かろうじてつながっていたらしいその首が、とれていた。

その首は、不気味なほどに軽かった。

英二の頭から、きれいに脳が消えていたのである。

乱蔵は、その首を英一郎から受けとって睨《にら》んだ。

また、穴の中から声があがった。

女の死体が出てきたのだ。

真由美の死体であった。

真由美の顔からも、眼球が消えていた。

英二の首を抱えて見おろす乱蔵の顔を、真由美の、ふたつの黒い穴となった眼が、穴の底から見あげていた。

そして、真由美の頭からも、脳がきれいに消えていたのである。

堅い沈黙が、全員を包んだ。

闇が濃さを増していた。

最初にその沈黙を破ったのは乱蔵であった。

「つい最近まで、塩溜村では、土葬の風習が残っていたんだったな――」

乱蔵が言った。

「二十年くらい前までは――」

寿が答えた。

「そうか」

乱蔵は、唇を噛《か》んだ。

ここから、あまり遠くない、山梨県の駒櫛《こまくし》村にも、代々土葬を続けてきた家がある。

その風習を利用して、仙道師の泥舟《でいしゅう》から受けた呪符《じゅふ》を使い、〝御魂呼《みたまよ》ばりの法〟を行なった者がいたのである。

ここらあたり一帯も、そういう風習が、根強く残っていた場所なのだ。

〝豚のような、羊のような獣――〟

生田千代の話では、息子の年男と宇崎春信は、自然薯を掘っていて、偶然にそのような獣を掘り出したのだという。

「媼《おう》だな」

乱蔵はつぶやいた。

「おう?」

英一郎が訊いた。

「媼だ」

「何だ、それは――」

「土の中に棲《す》んでいて、埋められた人間の屍体から、脳みそばかりを喰《くら》う妖物《ようぶつ》だ。眼玉から入り込み、脳を喰べて、耳から出てゆくと言われている」

「なに!?」

「もともとは、人の霊よ。わかりにくければ、精とでも気とでも呼んでいい。生きながら土に埋められた人間から、それが出てくるとも言われている。生きていなくてもいい。死んで埋められた死体でも、たくさん集まれば、自然に、その死体から出てきた気がより集まって、媼になる」

「――」

「山でも、岩でも、大地の中には、気の通路があってな。山脈や、植物相や、色々なものでその気の通路は色々なんだが、どうかすると、その気の通路が一カ所に集まってしまう場所が山の中にはあるのさ。そういう気の通路に、屍体に残っていた気が流れ込むと、その気の通路に沿って流れ、そういう通路が集まっている場所に気が凝ってしまうのさ。ひとつずつは、とるにたらない微弱なものでも、無数に一カ所に集まって、それが大地の気脈の力を吸集すると、かなりのパワーを持ったものになる。それが媼だ――」

「信じられない話だな」

「信じなくていいさ。本当の所などは、わかりはしないのだからな。そういう解釈を、昔の中国の人間はしていたということだ。仏教が、わざわざ屍体を火葬にするというのは、そういう妖物をこの世から滅らすという意味もあるのだ。所詮《しょせん》、人の意識《こころ》——気は、肉体に執着せずにはいられぬものさ。その肉体がそのまま地中に埋められてみろ。それが、同じ土地で何代にもわたって続けられれば、妖物の一匹や二匹はできあがっちまう——」

「では——」

「ああ。宇崎と生田は、偶然にそういう気の通路が寄り集まっている場所を掘っちまったんだろう。そういう気が集まっている場所は、植物の成長も早い。さぞや、大きな自然薯だったろうな。そうでなければ、昔から、このあたりに埋められた屍体の脳を喰いあさっていたやつが、そういう気の集まる場所で、眠りについていたんだろうな。土葬の風習がなくなったんじゃ、喰うものがなくなっちまったってことだからな」

「しかし、宇崎がどうしてこんな真似を——」

「媼の精の一部が、やつの肉体に入り込んだのさ。そうして、今は自分に餌《えさ》を運ばせてるんだ」

「どうやって、媼の精の一部が、宇崎の中に入り込んだんだ？」

「わからねえな。もしかすると、宇崎は、身体のどこかに傷を負っていたんだろうな。たぶん、手かどこかだろう。それが媼に触れ、その手で媼の溶けたばかりの土をいじくりまわしたとすれば——」

「その傷口から入り込んだのか」

「おそらくな——」

そこまで乱蔵が言った時であった。

「げふっ！」

と、穴をはさんで乱蔵の正面にいた猛が声をあげた。

猛の胸から不気味なものが生えていた。

それは、棒であった。

その棒の先に、平べったい金属がついていた。

突き鍬であった。

猛は、信じられないといった眼で、自分の胸から生えたものを眺め、血のからんだその棒を撫でた。

　何か言いたげに、乱蔵を見た。

　唇がぱくぱくと動くが、声が出ない。

　泣きそうな顔をしていた。

　自分に何がおこったのかと、それを問いたいらしかった。

　そのまま、頭から、猛は穴の中に倒れ込んだ。

　その背から、後方から入り込んだ突き鍬の長い柄が生えていた。

　穴の縁に残った足が、数度、痙攣《けいれん》し、動かなくなった。

　闇の中に、その闇よりもなお黒々とした影が立っていた。

　宇崎春信であった。

　寿が、灯りを向けた。

　灯りの中で、にんまりと、宇崎が微笑していた。

　赤く、どろりとした、血溜りのような眼をしていた。

　瞳がなかった。

「野郎！」

　スコップを持っていた勝が、声をあげて、宇崎に躍りかかった。

「やめろ！」

　乱蔵が叫んだが、その時には、勝は、もう宇崎目がけてスコップを打ち下ろしていた。

　びきっ！

　と、音がして、スコップの金属部分がふっ飛んでいた。

　宇崎が、右手で、打ち下ろされてきたスコップを払ったのだ。

　スコップの先は、たちまち、闇に溶けて見えなくなった。

　ざん、と、それが遠くの下生えを鳴らして落ちる音が響いてきた。

「そいつはもう、人間じゃない！」

乱蔵が言った。

勝が、乱蔵を見ながらうなずいた。

「ひっ！」

金子寿が、灯りを持ったまま、悲鳴を呑み込んだ。

灯りの輪の中で、勝は、乱蔵に背を向けながら、首だけきれいに振り向いて、その首でうなずいたのであった。

強烈な光景であった。

勝が、前のめりに、首を空に向けて草の中にぶっ倒れた。

しゃーっ！

乱蔵の左肩の上で、シャモンが哭《な》いた。

尾が、ぴんと立っていた。

その先が、ふたつに割れていた。

シャモンの黒い毛並の中に、小さな、緑色をした、無数の電光が走っていた。

「逃げろ！」

乱蔵が叫んだ。


宇崎が、凄いスピードで乱蔵に向かって草の上を疾ってきた。

強烈なものが、乱蔵の肉の中を吹き抜けた。

ヘタには動けない。

相手は、人の動きを越えているのである。

疾ってきた宇崎と、正面から乱蔵はぶつかった。

発勁《はっけい》。

全身の力をたわめ、それを右の拳《こぶし》に込めて、乱蔵はおもいきり宇崎の顔面に叩き込んだ。

相手は人間ではない。

超絶なパワーを持っている。

遠慮のない、全身全霊のパワーを込めた一撃であった。

強烈な手応えを拳に覚えた瞬間、乱蔵の、一四五キロの巨体が、後方にふっ飛んでいた。

乱蔵は、背から草の中に落ちた。

立ちあがる。

立ちあがった乱蔵の身体が、いきなり走り寄ってきた宇崎に抱きすくめられていた。
凄い力が乱蔵の肉を締めつけた。
——ぬう!!
ありったけの力を乱蔵は全身に込めた。
まるで機械に締めつけられているようであった。
骨が軋《きし》んだ。
乱蔵の顔の正面に、乱蔵の拳で潰れた宇崎の顔があった。
歪《ゆが》んだその顔が、ぶくぶくとふくれあがってゆく。
変貌《へんぼう》をとげた。
まるで、それは、豚の顔であった。
ひゅう……
乱蔵の喉が笛の音をたてた。
肺に残っていた空気の全てを、しぼり出されたのだ。
乱蔵の眼球の血管が切れていた。
何か、使える技はないか。
今、ここで——
そうか。
あれが、ある。
赤い眼をむいて、乱蔵は、両腕を広げた。
両掌で、宇崎の頭をはさむように、宇崎の両耳を同時に叩いていた。
——双勁《そうけい》。
いつだったか、台湾の鏢師《ひょうし》、斎文樵《さいぶんしょう》が使っていた技である。
発勁を、両手で同時に行なう技であった。
びくんと、宇崎の身体がすくみあがった。
さらに、宇崎の力が強くなった。
「くうっ」
まだだ。
まだ、足りない。
もう一度、こいつの頭部に力を叩き込まねば——。
乱蔵は、最後の力をふりしぼり、もう一度、双勁を宇崎の頭部に叩き込んだ。
みしりと、乱蔵のあばら骨が軋んだ。

もう、数秒持つかどうか。

最後の息を吐き出し、力が抜けた途端に、自分の肉体は、コーラのビンのように中央がくびれてしまうだろう。

と。

ふいに、宇崎の力がゆるんだ。

とろとろと、宇崎の両耳から、不気味な螺旋が這い出てきた。

羊の角のようであった。

宇崎の、脳であった。

乱蔵は、ゆっくりと、宇崎の腕をほどき、大きく、たらふく息を吸い込んだ。

空気はたまらなくうまかった。

宇崎がゆっくりと仰向けに倒れた。

エピローグ

乱蔵、寿、英一郎、銀が、薄暗い林の中に立っている。

宇崎の家の、裏手の山の中である。

四人の前の土の中から、山羊の頭が生えている。

首まで、山羊が土の中に埋められているのである。

寿が、友人の家から買いとってきた山羊である。

その背を、ナイフで裂いて、生きたままそこに埋めたのであった。

それが、夜半であった。

じきに、夜が明けようとしていた。

林の中に、薄い明りが差しはじめ、やがて、最初の陽光が林の中に入り込んできた。

「よし」

と、乱蔵が言った。

折れたスコップで、銀が、山羊を掘り出した。

すでに山羊は死んでいた。

「可哀そうなことをしたが、媼を捕えるにはこれしか方法がなかったんでな」

乱蔵がつぶやいた。

掘り出した山羊の腹が、異様な大きさにふくらんでいた。
「この中に、媼が入り込んでいる」
乱蔵が言って、山羊を抱えあげた。
林の中を下って、宇崎の家の庭に出た。
庭の広い範囲に、トタンが何枚も敷かれていた。
その上に、檜《ひのき》の枝が、盛りあげてあった。
その枝の上に、乱蔵は、抱いていた山羊を置いた。
寿が、用意してあったポリタンクに入れたガソリンをその上からぶちまける。
英一郎が、ライターで、それに火をはなった。
ぼっ、
と、炎が燃えあがった。
肉の焼けるいやな匂いが、朝の大気の中に満ちた。
「見ろ！」
乱蔵が言った。
山羊の尻のあたりから、むくむくと奇妙なものが姿を現わしかけていた。
山羊の肛門から、それは出現しているらしい。
それは、這い出ながら、自然に生き物の形体をとり始めた。
豚とも羊ともつかない異形のもの。
「あれが媼だ――」
乱蔵が言った時、それが、異様な声で鳴き始めた。
あるるうん……
あるるおん……
いやな声だった。
無数の死人の合唱に似た声であった。
いるおうむ……
いるようむ……
それは、哭きながら、土を捜していた。
土はなかった。

あるのは、土と自分とを隔てている、焼けたトタン板だ。
すでに、その黒い毛に火がまわっていた。
トタンの上に、それは転がった。
ごおっと、火が、大きくなった。
その火にくるまれたと見えた時、媼の姿は、もう炎の中のどこにもなかった。
「長い夜だったな」
ぽつりと、乱蔵が言った。

あとがき――今、九十九乱蔵に歓喜せよ――

実に実に、久しぶりに、『闇狩り師』シリーズの新作を、ここにお届けしたい。

『黄石公の犬』――短編のつもりで書き出したら、あっという間に長くなって、中編を超え、長編となってしまった。

何年ぶりになるだろうか。

十五年――二十年ぶりか、それ以上になるかもしれない。しかし、この二十年（だとして）、このシリーズをさぼっていたわけではない。

未完の長編『宿神』を書いていたし、今回の『黄石公の犬』や『媼《おう》』を書いてきたのである。

『黄石公の犬』について言えば、年に、一回か三回刊行される『SF Japan』に連載していたため（しかも一回ずつの枚数が少なかったため）、完結するまで時間がかかってしまったのである。

それにしても、はるばると時が過ぎたものだ。

現在でこそ、○○師という存在が、悪霊やら鬼やらをやっつけたり、それらと闘ったりする話が、漫画にしろ小説にしろゲームにしろ、世間に溢《あふ》れているが、その先駆けとなったのは、この『闇狩り師』シリーズであったと思っている。〝気〟だとか、〝発勁《はっけい》〟だとかを、世間に認知させたのも、この『闇狩り師』であったのではないか。

この『闇狩り師』、ぼくにとって、『陰陽師』のルーツであったことは言うまでもない。

むろん、『闇狩り師』以前に、こういったコンセプトの物語や、用語を使った本がなかったわけではない。もちろんあって、ぼくもそういうものをたくさん読んできた。『闇狩り師』が、はっきり、そういった作品や書物が作ってきた土台の上に成立したものであることは十分に理解している。

しかし、この『闇狩り師』および『キマイラ』シリーズが、そういった作品群を、それ以前と以後とに分けるエポックメイキング的な作品であることは間違いないであろう。

それをここで誇《ほこ》りたい。

誇ったところで、いばったところで、それがどうしたと言われればその通り、どういうことでもない。

問題は、今ここで『闇狩り師』の新刊が出るということであり、それが、おもしろいかどうかということである。そこにつきる。

もちろん、こうしてこんなことをここに書く以上、おもしろさに自信があるということだ。

自分の書いた物語を自画自賛するという癖も、昔のままだ。

今、季節は夏に向かおうとしている。

葉桜がうねっている。

一年で、一番心が踊る季節である。

デビューして、三十二年目。

五十八歳になった。

果たして、何歳まで書き続けられるかはわからないのだが、今の覚悟はただひとつ、
生命ある限り――

そこにつきる。

次の『闇狩り師』は、『宿神』である。

すでに二百枚ほど書いている。

朝日新聞社で同タイトルの別の物語『宿神』を書き始めているため、あらたなタイトルを冠して、近々に書きはじめたい。

では、二十数年前に書いたことを、ここでも繰り返そう。

この物語は、絶対におもしろい。

二〇〇九年　五月三日　小田原にて――

夢枕　獏

●「黄石公の犬」……「ＳＦ Ｊａｐａｎ」二〇〇〇年秋号から二〇〇八年春号に掲載
●「媼」……「ＳＦアドベンチャー」一九八六年三月号に掲載

TOKUMA NOVELS

夢枕 獏
闇狩り師 黄《こう》石《せき》公《こう》の犬

２００９年６月30日 初刷
２００９年８月５日　４刷

発行者 岩渕 徹
発行所 徳間書店
東京都港区芝大門二－二－一 〒一〇五－八〇五五
電話 編集 〇三－五四〇三－四三四九
販売 〇四八－四五一－五九六〇
振替 〇〇一四〇－〇－四四三九二
カバー印刷 近代美術株式会社
本文印刷 中央精版印刷株式会社
製本所

〈編集担当 加地真紀男〉

ISBN978-4-19-850829-6

《闇狩り師》
シリーズ刊行予定
帰ってきた!!
《陰陽師》のルーツと著者自ら語る、
出世作のひとつ。
最新作『闇狩り師　黄石公《こうせきこう》の犬《いぬ》』
刊行を記念して、
旧作も装い新たに登場!
豪華愛読者プレゼント付!
旧作も装い新たに登場!
＊『闇狩り師《新装版》』
2009年7月21日発売
＊『闇狩り師　蒼獣鬼《そうじゆうき》《新装版》』
2009年8月28日発売
＊『闇狩り師　崑崙《くろん》の王《新装版》』
2009年9月18日発売
イラスト／寺田克也

沙門空海唐の国にて鬼と宴す
巻ノ一〜巻ノ四
夢枕獏 著
書／岡本光平